Tucholsky Wagner Zola Scott Sydow Freud Schlegel
Turgenev Wallace Fonatne

Twain Walther von der Vogelweide Fouqué Friedrich II. von Preußen
Weber Freiligrath Frey

Fechner Fichte Weiße Rose von Fallersleben Kant Ernst Frommel
Richthofen

Engels Fielding Hölderlin
Fehrs Faber Flaubert Eichendorff Tacitus Dumas

Maximilian I. von Habsburg Fock Eliasberg Zweig Ebner Eschenbach
Feuerbach Ewald Eliot Vergil

Goethe Elisabeth von Österreich London
Mendelssohn Balzac Shakespeare Dostojewski Ganghofer
Trackl Stevenson Lichtenberg Rathenau Doyle Gjellerup
Mommsen Tolstoi Hambruch Droste-Hülshoff
Thoma Lenz
Dach von Arnim Hanrieder
Verne Hägele Hauff Humboldt
Karrillon Reuter Rousseau Hagen Hauptmann Gautier
Garschin

Damaschke Defoe Hebbel Baudelaire
Descartes
Hegel Kussmaul Herder
Wolfram von Eschenbach Dickens Schopenhauer
Bronner Darwin Melville Grimm Jerome Rilke George
Campe Horváth Aristoteles Bebel Proust

Bismarck Vigny Barlach Voltaire Federer Herodot
Gengenbach Heine

Storm Casanova Lessing Tersteegen Gilm Grillparzer Georgy
Chamberlain Langbein Gryphius
Brentano Lafontaine
Strachwitz Claudius Schiller Kralik Iffland Sokrates
Katharina II. von Rußland Bellamy Schilling
Gerstäcker Raabe Gibbon Tschechow

Löns Hesse Hoffmann Gogol Wilde Vulpius
Luther Heym Hofmannsthal Klee Hölty Morgenstern Gleim
Roth Heyse Klopstock Kleist Goedicke
Luxemburg Puschkin Homer Mörike
La Roche Horaz Musil
Machiavelli Kierkegaard Kraft Kraus
Navarra Aurel Musset
Lamprecht Kind Kirchhoff Hugo Moltke
Nestroy Marie de France
Nietzsche Nansen Laotse Ipsen Liebknecht
Marx Ringelnatz
von Ossietzky Lassalle Gorki Klett Leibniz
May vom Stein Lawrence Irving
Petalozzi Knigge
Platon Pückler Michelangelo Kafka
Sachs Poe Liebermann Kock
de Sade Praetorius Mistral Zetkin Korolenko

Holländische Liebhabereien

Erzählung (1826)

Achim von Arnim

Impressum

Autor: Achim von Arnim
Umschlagkonzept: toepferschumann, Berlin

Verlag: tredition GmbH, Hamburg
ISBN: 978-3-8424-0288-1
Printed in Germany

Achim von Arnim

Holländische Liebhabereien

Erzählung (1826)

Leise trat der Professor Hemkengriper in seidnem japanischem Schlafrocke aus der Bibliothek in das Eßzimmer und schaute verdrießlich einem jungen Manne über die Achsel, der auf dem großen Eßtische die Scheiben des eingeworfenen breiten Straßenfensters zusammenlegte. «Wer bist du?» fragte ihn Hemkengriper mit einer kalten Verachtung. – «Jan Vos aus Amsterdam», antwortete der junge Glaser, ohne sich in der Arbeit stören zu lassen. – «Warum kommt der Glasermeister Glateis nicht selbst?» fuhr der gelehrte Herr fort zu fragen: «Hat Bathseba nicht bestellt, daß es eine schwierige Arbeit sei, die zerbrochenen Scheiben zusammenzusuchen und in Blei zu setzen? Und warum hat man nicht gewartet, bis ich gekommen, um die griechischen Inschriften zusammenzulegen, die auf mehreren Scheiben mit dem Diamant eingeschnitten sind? Da wird man sich viele unnütze Arbeit gemacht haben!» – «Herr, sehet alles durch», antwortete Jan mit behaglichem Lächeln, «werdet alles beisammen finden. Frau Bathseba kannte mich schon und wußte von meiner Gelehrsamkeit, als sie mich zur Arbeit auswählte, und da hat sie Euch gewiß überraschen wollen.» – Hemkengriper sah jetzt verwundert die Inschriften vollkommen richtig wieder vereinigt und dann den Lehrburschen an, dessen kräftige gewandte Glieder, dessen volle Wangen und dunkle Hautfarbe eher einem Matrosen als einem überstudierten Jünglinge zukamen, während die hohe Stirn von dichten hellen Haaren umgrenzt, die zusammengewachsenen dunklen Augenbrauen über den blauen blitzenden Augen, der freie, zierlich geschnittene Mund eher ein seltsames Talent anzudeuten schienen, das selbsttätig seinen Weg sich gesprengt hatte. «Aber bei wem hast du Griechisch gelernt –

bei mir oder bei – Zahnebreker?» fuhr er mit besorglicher Neugierde zu fragen fort. – «Bei dem flüchtigen Griechen aus Morea, bei Moschus, in den Feierstunden; es kostete nichts, der Mann freute sich an der Leichtigkeit, mit der ich lernte, und als Dank mußte ich ihm Abschriften machen von griechischen Dokumenten.» – «Wie kamst du aber darauf, diese gelehrte Sprache der Vorzeit zu lernen, von der dir doch kein Gewinn für dein Handwerk zu versprechen war? Obgleich die Griechen auch in der Glaserei allen heutigen Völkern überlegen waren, wie ich dies nächstens zu beweisen denke.» – «Das ist mir lieb von Euch zu hören, denn der Grieche sprach nur immer von geöltem Papier, womit sie ihre Fenster beklebt hätten. Kein Gewinn war der Grund meines Fleißes – ich kann Euch das jetzt noch nicht sagen, denn ich kenne Euch zu wenig, ich wollte es nun einmal wissen, dieses Griechische.» – «Hör, Bursche, du gefällst mir, ich könnte dich als Schreiber und Famulus brauchen und zugleich als Glaser, um mein ganzes Haus mit neuen Fenstern einzurichten, da diese alten trüben Scheiben mir eigentlich so wenig gefallen wie den Studenten, die leider nur eine kleine Zahl eingeworfen haben. Außer dem Hause dürftest du freilich mit niemand Umgang haben, denn das verdarb meinen Famulus, den ich gestern verabschiedete, so gänzlich, daß er andern meine Entdeckungen mitteilte, die dann der elende Schreier, der Zahnebreker, für die seinen ausgab.» – «Wenn ich nur jederzeit Bücher von Euch erhalte», rief Jan vergnügt, «so gehe ich gewiß zu keinem einzigen Marktschreier, die Zähne ausbrechen, als ob es niemand wehe tut. Oh, ich verstehe Euch, meine Zähne sind gut, und des Umgangs bin ich bei meinem Meister ganz entwöhnt, der allein lebt und dem ich wie Frau oder Magd sein ganzes Hauswesen führte.»

Diese Unterredung wurde von dem Bürgermeister der Stadt unterbrochen, der ebenfalls Sitz im akademischen Gerichte hatte und seine Studien durch elegante lateinische Reden kundzugeben pflegte. «Wer zu Leyden geboren», sprach er, «weiß von den Leiden dieser Stadt zu erzählen, aber auch von ihrer mutigen Ausdauer bei alten Rechten und neuen Glaubenslehren, und wie diese in langwieriger spanischer Belagerung (J. 1574) hart geprüft und treu bewährt wurden. Der Adel und die Städte der Provinz wünschten diese Aufopferung zu lohnen und ließen den Bürgern die Wahl zwischen Zollfreiheit und der Errichtung einer Universität, die dem

Lande zum Bedürfnis wurde, weil der Krieg und die Glaubensverschiedenheit den Besuch vieler ausländischer Universitäten hinderte. Die Stadt blieb eingedenk des höheren Daseins, dem so viele Bürger geopfert worden, sie wählte die Errichtung einer Universität. So wurde diese jetzt mit großem Ruhme bestehende hohe Schule zu einer Zeit begründet, wo das Dasein Hollands und seines Staatenbundes so ungewiß bei jedem Wurfe der Kriegswürfel schwankte wie sein Boden bei dem Andrange hoher Flut und Flußströmung. Dem höheren gesellte sich bald der niedere Gewinn, so wenig er in voraus berechnet war, denn die Universität zog reiche Schüler des Inlands und Auslands herbei. Neben diesem Ruhme erscholl aber auch der Streit gelehrter Theologen, ergriff die Menge und verbreitete auch auf diesem Wege Einsicht in Geistestiefe, wo sonst die Gewöhnlichkeit den Blick gestumpft hatte, wogegen nicht zu leugnen ist, daß dieser Kampf zwischen Herrmann und Gomar viele ausgezeichnete Männer ins Verderben gestürzt hat. Wir stehen jetzt bei der Gegenwart, ehrenwerter Herr, bei diesem 1635 Jahre nach der Geburt des göttlichen Versöhners, wo Euer Kampf mit dem Kollegen Zahnebreker über griechische Lesarten nicht minder wie jene theologischen Wahrheiten sich aller Köpfe bemächtigt und unsre Universitäten gespalten hat. Dieses Übel zu mehren, hat der Krieg in Deutschland uns eine große Zahl hochdeutscher Studenten zugeführt, die sich nach dem Vorbilde der rauhen nordischen Krieger zu einer Art halber Kriegsknechte ausgebildet haben, welche die wilden Gewohnheiten ihres Landes in unsre wohlgeordnete Stadt übertragen. Diese waren es nun, wie die Untersuchung ergibt, welche Eure Fenster, ehrwürdiger Herr, mit aufgerissenen Pflastersteinen wie mit Belagerungsgeschütz angriffen und zerschmetterten, ja sie schämen sich dessen nicht, sondern rühmen sich, dadurch in geziemender Art die Störung bestraft zu haben, welche Eure Anhänger durch Pfeifen und Trommeln der Aufführung des 'Gysbert' zufügten, welche der große Dichter Vondel unter dem Schutze Zahnebrekers in der großen Dule veranstaltet hatte. Über diese Angabe Eure Aussage zu hören, ist der Gegenstand meines Besuches und meiner Rede, ja ich zweifle nicht, daß Ihr Euch wegen dieses Vorwurfs einer beabsichtigten Störung des öffentlichen Vergnügens am Schauspiele vollkommen rechtfertigen werdet.»

Mit Mühe hatte Hemkengriper dieses Wort abgewartet, jetzt strömte er aus in Vorwürfen, wie dieser Kölnische Ignorant und Anabaptist Vondel ein großer Dichter genannt werden könne, er habe nicht nur für Pflicht gehalten, den guten Geschmack aufrechtzuerhalten und seine Schüler auf die Fehler des Stücks aufmerksam gemacht, sondern er habe sie aufgemuntert, diese ihre Einsichten geltend zu machen. Wären sie diesmal auch die geringere Zahl gewesen und hätten unterlegen und wären zur Dule hinausgeworfen worden, so hoffe er doch, daß sie sich verstärken und in den nächsten Abenden glücklicher sein würden. Verlegen schwieg hier der Bürgermeister, stammelte in einzelnen Worten, daß er ihm bei diesem Bekenntnis für die zerschlagenen Fenster keinen Ersatz, sondern nur durch Bannung der fremden Studenten ihm eine öffentliche Genugtuung schaffen könne. Hemkengriper entgegnete einige scharfe Worte über den Schutz, welchen er dem ignoranten Vondel angedeihen lasse, bloß weil er ihm zu schmeicheln wisse. Der Bürgermeister erschrak und schwieg. Endlich erholte er sich und suchte Vondel damit zu verteidigen, daß doch kein besserer dramatischer Dichter in Holland zu finden sei. «Hier sitzt einer», rief Hemkengriper stolz und wies auf Jan, «wenn ich den ein halbes Jahr abrichte, macht er bessere Tragödien als Euer miserabler Anabaptist.» Jan war äußerst verwundert, aber nicht wenig geschmeichelt von diesem Ausrufe, und als sich der Bürgermeister beurlaubt hatte, bat er Hemkengriper, ihm ja die versprochene Abrichtung zum Schauspieldichter zu geben. Hemkengriper warf ihm einen Band des Euripides hin und ging zurück in sein Bibliothekzimmer, weil er schon allzuviel Zeit verloren zu haben meinte.

Die alte Frau Bathseba leistete unterdessen dem Glaser Gesellschaft, versicherte ihm mit gerührter Stimme, daß er Gott für die gefundene Aufnahme nicht genug danken könne, da der Herr, sonst gar mißtrauisch gegen Fremde, selbst seinen Famulus nicht ins Haus genommen habe. Sie gab ihm dann Regeln wie eine gute Mutter, und Jan äußerte, es sei ihm so zumute, als ob er sie schon in früheren Jahren bei seinen Pflegeeltern gesehen. Sie meinte, daß er sich darin irren möge, fragte nach seinen Eltern, hörte, daß er nichts von ihnen wisse und daß seine Pflegeeltern ihm bei einem Deichbruche entrissen worden, der auch ihn verschlungen hätte, wenn er sich nicht an einen zahmen Schwan angeklammert, der mit ihm bis zu einem höheren Landstriche geschwommen, wo viele Menschen sich seiner angenommen hätten. «Und wieder meine ich, Frau Bathseba», sagte er, «ich hätte Euch bei denen gesehen, die mich nach Amsterdam ins Waisenhaus brachten, von wo der hiesige Glasermeister mich ohne Vergütung abholte, um mich in seinem Handwerk zu unterrichten. Nun, seitdem weiß ich wohl, hab ich Euch oft gesehen, Frau Bathseba, und ich danke Euch manche milde Gabe, und ich werde Euch dafür mein Lebelang dankbar sein.» – «Gut, gut», sagte Bathseba, «aber sprecht davon mit niemand, denn der Herr ist gar mißtrauisch und würde denken, wir hätten gegen ihn einen geheimen Bund geschlossen.»

Das Fenster war längst hergestellt, Vondel längst fortgezogen, aber doch blieb der Eindruck jenes Tages für Hemkengriper ungünstig, weil er sein ganzes Ansehen benutzt hatte, jene fremden, ihm feindlichen Studenten zu verbannen. Sehr bald erfuhr er von seinen Anhängern, daß sie nur mit Lebensgefahr in der großen Dule erscheinen könnten, und somit fühlte er sich gezwungen, alle Geselligkeit dieses Belustigungsgartens in der Stadt aufzugeben, wo bald Armbrustschießen, bald Kolbenbahn, bald Tanz und Musik die Aufmerksamkeit fesselte und selbst der anstoßende Kanal zum Angeln benutzt wurde. Statt nun einen andern Ort der Unterhaltung sich zu wählen, da es doch noch mehrere der Art gab, verschloß sich sein Stolz in Einsamkeit, damit die kommenden Geschlechter mit Ingrimm lesen sollten, wie der größte Mann seiner Zeit, da er nicht volle Anerkennung in seinem Kreise gefunden, sich selbst genug gewesen und die Welt nicht vermißt habe. Doch mußte er diesen Entschluß mit dem Verluste seiner meisten Anhänger erkaufen, die eines sichtbaren Ortes der Vermittelung und der Mitteilung bedurften, und dieser Verlust mehrte seinen heimlichen Zorn bei dem Scheine äußerer Ruhe. Zahnebreker triumphierte inzwischen in vollem, unverschämtem Maße, wie er zu leben gewohnt war, und da er mehrmals versicherte, durch falsche Freunde verraten zu sein, ja daß sogar eine höchst bedeutende Konjektur an Hemkengriper übertragen worden, so übten die enthusiastischen Studenten eine noch strengere Polizei gegen alle Verdächtige, wobei sich niemand unglücklicher befand als die Neutralen, welche in ihrer Unschuld gar nicht begreifen konnten, daß über solche Kleinigkeiten soviel Geschrei gemacht werden könne. Unser Jan wußte von dem allen nichts, da er sich gänzlich alles andern Umgangs enthalten mußte, vermißte aber diesen nicht bei der steten Tätigkeit, bei der reichen Bibliothek, aus der ihm aber nur ein Bestimmtes, nämlich griechische Dramatiker, verabreicht wurde. Zugleich erfreute ihn ein reichlicher, ungewohnter Lebensunterhalt, den er mit Bathseba in der reinlichen Küche voll blanker Geschirre vom Abhub des Herrn bei den freundlichen weisen Unterhaltungen dieser Frau verzehrte, die, ohne von Hemkengriper anerkannt zu sein, eine reiche Bibliothek seltsamer Ereignisse, Märchen aller Völker, Weisheitslehren mit so eigner Erfindung und Beredsamkeit übersetzt, in ihren Abendunterhaltungen aufschloß, daß Jan gern alle Hausarbeit, soweit er es vermochte, als Honorar für sie übernahm. Mit der Absicht, seiner geistigen Schätze ganz sicher zu sein, hinderte Hemkengriper, daß Jan kein Latein lernte, indem er ihm durchaus kein Buch in dieser Sprache zukommen ließ. Aber mit seltenem Talente und großem Gedächtnisse ersetzte Jan diesen mangelnden Unterricht aus den Registern und Übersetzungen einiger griechischer Schriftsteller und gelangte zur Verwunderung Hemkengripers in so kurzer Zeit zum Verständnis des Lateinischen, daß diese Heimlichkeit freilich verschwand; wogegen er nun imstande war, durch richtige Ausforschung, durch Wiedererinnerung an Dinge, die früher diktiert worden, dem schwächeren Gedächtnisse des Meisters wesentlich zu Hilfe zu kommen; ja er hatte die Fertigkeit gewonnen, ihm, wenn er dessen bedurfte, fast fehlerlos herzusagen, was er früher ihm zum Abschreiben gegeben, und dadurch seinen Ohren zu schmeicheln, die nur das Eigene gern hörten, und dieses jetzt wie aus dem Widerhall der gelehrten Welt zu vernehmen meinten. Aber so liest nicht die gelehrte Welt, sie liest nur, um zu dem Vergessen ein wohlbegründetes Recht zu haben. In den freien Stunden brachte Jan mit großer Eile und Selbstvertrauen allerlei Tragödien zu Papier, die er Hemkengriper sogleich mit der Hoffnung des Beifalls vorlegte, obgleich er diesen niemals einerntete. Hemkengriper war über diese dramatischen Werke höchst verwundert, da er wohl in der Hitze sein Wort gegeben hatte, ihn während eines halben Jahres zum Tragiker auszubilden, doch ohne eigentlich an dessen Lösung zu denken. War nun so ein Schauspiel beendigt, so übergab es Jan mit eben der Demut dem Meister, wie ein andrer es einem Schauspieldirektor vorliest, nämlich, als ob davon das Dasein seines Stückes abhängig sei. Hemkengriper lobte dann zwar dies Bemühen, warf aber die Handschrift gleichgültig in einen Winkel, zog bald französische, bald italienische Bücher hervor und tat, als ob er ihm eben das daraus vorlese, was Jan soeben als sein Eigentum ihm mitgeteilt hatte, und suchte ihm auf diesem Wege zu erweisen, daß er noch nicht bis zur Reife der Neuheit fortgeschritten sei und daß er auf etwas Neues denken müsse. Der Glaube des Erfinders an etwas noch Unerschaffenes, das er zutage fördern, warum er sich in den Abgrund stürzen und mit ganzer Seele dem Chaos sich hingeben müsse, ist etwas sehr Heiliges und darum auch so leicht verletzlich, seine Wunden so schwer zu berühren, und darum so schwer zu heilen, daß besonders die Poeten nicht mit Unrecht ein zorniges Geschlecht genannt werden. Nichts beschreibt den Zorn des jungen Dichters, sich selbst als ein bewußtloses Gemengsel aus den Gedanken früherer Menschen hervorgegangen zu sehen, sich mit einem Brennspiegel vergleichen zu müssen, der fremde Strahlen auf einen Punkt in der Luft hinzuwerfen bemüht ist, ohne selbst zu glühen, seine Existenz als völlig überflüssig zu kennen und seine Arbeit denen der Unterwelt ähnlich zu finden, immer denselben Stein wieder emporwälzen zu müssen, den schon ein andrer sich oben als Denkmal errichtet hatte, immer nach dem Scheine von Früchten aufzulangen, die ein andrer längst verzehrt hatte. Hemkengriper suchte ihn zu beruhigen, nachdem er sich so ausgewütet hatte, indem er ihn daran erinnerte, wie jung er noch sei und die Welt wie groß, und daß er bei der neuen Arbeit die alte nur gänzlich vergessen müsse. Und das glückte bald wieder unserm Jan, denn überall sah er aus der freien Leere der lückenvollen fast unmöglichen Geschichte eine Fülle des Geistes blicken, den die übrige Welt für untergegangen hält, wenn keine Schriften davon Nachricht geben. Unterdessen schickte Hemkengriper diese dramatischen Arbeiten unter dem Namen des Jan Vos an die Theaterdirektion nach Amsterdam, während er selbst dem jungen Glaser den Namen Secundus beilegte und ihn unter demselben auf mancherlei Weise, unter andern in Zeitungsaufsätzen bekannt machte, die er selbst nicht vertreten mochte und die unserm Jan ebensowenig zu Gesichte kamen wie die ganze übrige Welt. Diesen Namen Secundus hatte sich gewissermaßen Jan selbst beigelegt, weil er überall von einem Primus geärgert wurde, der ihm vorausgegangen sein wollte, und wurde ihm aus Gram noch mehr gewogen, als Hemkengriper ihm versicherte, daß selbst ein ausgezeichneter Dichter des Namens ihm um ein Jahrhundert vorgeboren sei.

Mehrere Arbeiten waren dem eifrigen Jan in dieser Art verleidet, während sie Amsterdam entzückten, als er auf den Einfall kam, etwas aus einem eignen höchst seltenen Lebensereignisse zu entnehmen und mit alten Mythen zu verflechten, wobei er meinte, daß dieses doch kein andrer vor ihm erlebt haben könne, sowenig zwei Blätter eines Baumes einander vollkommen gleich wären. Triumphierend trat er in einer Frühstunde zu Hemkengriper ein, nachdem Bathseba ihren vollen Beifall am Abend geschenkt, und verkündete ein neues Trauerspiel: «Icarus». – Hemkengriper gestattete ihm höchst gefällig das Vorlesen, wir aber wollen einen Auszug genügen lassen: «Als Einleitung erzählt die stets dienstfertige Muse, wie Dädalus und dessen Sohn Icarus auf Kreta von dem Könige, der ihre Künstlichkeit fürchtet, in dem von ihnen erbauten Labyrinthe eingesperrt sind, dessen Ausgang sie selbst nicht mehr finden. Dädalus hat sich in sein Schicksal ergeben als älterer Mann, aber Icarus, der feurige Jüngling, hat beständig von einer Jungfrau geträumt, die er nie gesehen und die seine ganze Liebe gewonnen. Da er nirgends ein Mittel fand, sich kundzumachen oder sie aufzusuchen, schrieb er seiner Liebe Not auf Täfelchen, in die er das Bild der Jungfrau einriß, und fügte auch den Namen Protea hinzu, den ihm ein Traum genannt hatte. Diese Täfelchen band er seinen einzigen Gesellen, den Störchen, um den Hals und ließ sie im Herbste damit fortwandern. Und als sie im Frühling wiederkehrten, brachten sie ihm andere Täfelchen zur Antwort, auf welchen eine Jungfrau des Namens mit gleicher Sehnsucht zu ihm spricht, sich die Tochter des Proteus nennt, und die Lage der fernen Meerhöhle beschreibt, wo er sie aufsuchen solle. Nun hatte Icarus keine Ruhe, bis er den Vater zu der Erfindung getrieben, wie sie durch die Kraft wächserner Flügel aus dem Gefängnis entkommen und zu der Meerhöhle gelangen könnten. Glücklich war der Anfang ihrer Flucht, sie flogen ihren Freunden, den Störchen, nach, sie fanden die bezeichnete Richtung zwischen den Inseln, sie sahen schon aus der Ferne die Höhle der Protea, da hatte aber die Glut des Herzens sich so vermehrt im feurigen Icarus, daß seine Flügel schmolzen, daß er ins Meer stürzte. Hier trat die Muse zurück, und die Klagen des Dädalus um den Sohn eröffnen das Stück, als er nahe der Höhle ans

Land getreten war. Doch diese Klagen hemmt der Anblick der Protea, die er sogleich nach seiner List erkannt und deren Schönheit ihn entzückt. Er nennt sich Icarus und sagt, daß er auf ihr Geheiß gekommen, sie möge ihn lieben und schützen. Sie gesteht ihm, daß ein andres, obschon ähnliches Bild ihr im Traume vorgeschwebt habe, doch fühle sie für ihn herzliche Teilnahme, sie wolle ihr Wort erfüllen, sie wolle mit ihm entfliehen, da ihr Vater Proteus jede Verbindung von ihr in trüber Ahndung hindere. Er muß sich hinter einem dienstbaren Meerungeheuer verstecken, während Proteus im Gespräche mit dem alten blinden Tiresias und mit dem jungen Narcissus auftritt. Beide wollen ihn um Rat fragen, beide verhöhnen einander über ihre Fragen, weil Tiresias seine Weissagung und Narcissus seine Schönheit über dies Verlangen eingebüßt hat. Narcissus glaubt in allen Quellen ein flüchtiges Bild dieser Geliebten zu schauen, Tiresias meint so etwas von ihr in seinem Schatten zu sehen, Proteus will nicht antworten, weil er eine Beziehung auf seine Tochter zu bemerken glaubt, aber er wird mit Gewalt zum Wahrsagen gezwungen und erklärt nun, Narcissus liebe sich selbst unter jeder Gestalt, wie er sei, Tiresias aber sich selbst, wie er gewesen, als er durch Schlangenzauber in eine Jungfrau verwandelt war. Beide erzürnen heftig über diesen Aufschluß und stoßen ihre Schwerter dem Alten ins Herz. Protea ruft den versteckten Dädalus zur Rache auf, der fliegend mit solcher Gewandtheit beide bekämpft, daß sie sich flüchten. Protea reicht ihm zum Danke die Hand und übergibt ihm des Vaters Schätze. Als sie mit ihm zum Tempel des Neptun, umgeben von Nymphen, zur Vermählung zieht, wirft das Meer die Leiche des Icarus in den Weg, der noch am Halse die Täflein trägt, auf welchen sie ihm ihre Liebe gesteht. Der Schmerzausruf des Vaters um seinen Sohn Icarus entwickelt ihr das Geheimnis, sie erkennt in ihm das Bild des Traumes, sie vermählt sich mit dem Toten, und Dädalus hat keinen andere Gedanken mehr, als den geliebten Sohn durch kunstreiche Mittel scheinlebend zu erhalten, durch Balsam die Macht der Verwesung abzuwenden.»

Mit halb erlöschender Stimme, Glut in den Wangen, Tränen im Auge, hatte Jan die Vorlesung geendet, als Hemkengriper ihm Beifall über seine fleißigen Verse schenkte und endlich äußerte, es sei kaum zu merken, daß es eine Übersetzung aus dem Deutschen der Roswitha, einer ehemaligen Nonne, sei. Zugleich sprang er empor bis zu der Spitze der Bücherleiter, zog ein Buch heraus und las munter die besten Stellen des Stückes daraus vor. «Halt», rief Jan mit der Stimme eines Rasenden und erfaßte so die hohe Leiter, daß er Hemkengriper darauf schwebend emporhob, «du bist Proteus, du kannst weissagen; wie das Vergangene, so liegt auch das Künftige vor dir offen, Raum und Zeit schließen den Kreis deines Blickes nicht.» – Erschrocken klammerte sich Hemkengriper an seine Leiter, wie ein Laubfrosch, der Wetter prophezeien soll und wegen der Bewegung sich kaum selbst darauf halten kann; fast mit den Worten des Proteus schwor er, daß er nichts wisse, ja daß es ein Scherz sei mit dem Stücke der Roswitha. Aber der junge Niederländer, der nun einmal in Feuer, ließ sich auch nicht so bald abkühlen, vielmehr blieb er bei seinem Glauben und bei seinem Prophetenzwang und ließ sich erst bereden, die Leiter wieder anzulehnen, als jener ihm Gewährung versprach. Nun zog Jan aus seinem Busen drei dünne Holztäflein, übergab sie dem Lehrer und sprach: «Jener liebende Icarus war ich selbst, die jungen Störche, die ich während des Sommers auf dem Dache des Hinterhauses meines Meisters nicht ohne Gefahr auffütterte, erregten meine Neugier, wohin sie zögen. Ich hing ihnen Briefe um, worin ich meinen Namen, Stand und meine Absicht anzeigte, Auskunft zu erhalten. Im nächsten Frühjahr kam der eine wieder und brachte dies erste Täflein an seinem Halse, ich konnte es aber nicht lesen, doch blieb es mein teuerstes Geheimnis. Ich schrieb einige Buchstaben nach, und ein Student versicherte mir, es wären griechische. Da kam der Grieche hieher, ich lernte bei ihm mit Eifer die Sprache, aber diese Tafeln blieben mir unerklärlich, obgleich ich in den beiden folgenden Jahren noch zwei Tafeln derart erhalten habe und die Sprache schon recht gut zu wissen glaubte. Mein Geheimnis ist losgerissen vom Herzen, – ich glaube darin von einer edlen Griechin zu lesen auf einer der schönen Inseln, die mir der Grieche beschrieb, ich soll sie retten aus der Hand der Türken –, ist es wahr, steht so etwas auf den Tafeln? War all mein Dichten nur Wiederholung von etwas Wirklichem, das schon ausgesprochen oder geschehen, o, so muß auch dieser Traum wahrhaft und wirklich sein! Ich sehe, Ihr wißt alles, Eure Lippen bewegen sich, Ihr leset die Schrift, Ihr tröstet mich für alles, indem Ihr mir den Weg zur Seele zeigt, die mich liebt, indem sie mich begeistert.» – «Dummbart», rief Hemkengriper, «dich jahrelang zu quälen und mich auf der Leiter zu foltern um solche Albernheit. Hast du denn deine eigene Muttersprache verlernt, weil sie mit griechischen Buchstaben geschrieben und die Worte nicht getrennt sind? Hast du denn nie von diesem Kunstgriffe eines Leydener Schulmeisters gehört, wie er während der Belagerung durch Tauben und Boten Briefe aussandte, welche die Spanier sich nicht erklären konnten, wenn sie dergleichen auffingen? Diese Schrift wurde damals unter jungen Leuten zu Liebesbriefen benutzt, um die Eltern von ihrem Geheimnis abzuhalten, auch aus Mode, Liebhaberei und Scherz, und findet sich noch jetzt durch Übertragung als Kinderspiel unter jungen Leuten, das auch dir vorgekommen wäre, wenn du hier erzogen worden oder Umgang gehabt hättest. Das Mädchen heißt Primula, sagt, daß sie mit ihrer Mutter die Aufwartung in der großen Dule besorge, daß sie die jungen Störche durch Frösche beim ersten Ausflug in den Garten gelockt und sie während des Winters wohl gefüttert habe. Sie bittet dich ja vorsichtig zu sein beim Klettern auf das Dach, sie habe dir oft mit Angst zugesehen, und da sie gehört, daß du ein Glaserbursche, so bittet sie dich, ihr Laternchen zu flicken, das ihr zerbrochen, worüber die Mutter sehr schelten möchte. Nun, weißt du genug?» – «Weiter, Herr!» – «Das folgende Blatt ist schon ernsthafter, sie ermahnt dich zu allem Guten und gibt dir alles Lob wegen deines Fleißes, da sie dich könne arbeiten sehen, ohne daß du es bemerkst. Im dritten Blatt endlich klagt sie ihre Not, daß ihre Mutter wegen eines gelähmten Fußes ihr die Aufwartung bei den wilden Studenten überlassen habe, und daß sie so gern mit dir tauschen und in das einsame Haus des Glasers ziehen möchte, jetzt sei ihre einzige Freude der kleine Garten mit schönen Tulpen unter dem Storchneste, und die Störche im Winter, und der Blick zu dir, wie du so groß geworden, so frisch, fröhlich und emsig arbeiten und singen könntest.» – «Ach, das gute liebe Kind», rief Jan beruhigt aus, «jetzt sieht sie mich nicht, und ich habe sie nie gesehen. Eine Griechin ist es nun freilich nicht, wie sie der Grieche beschrieb, wohnt in keiner Meerhöhle mit Ungeheuern.» – «Es sind da genug Ungeheuer», rief Hemkengriper, «sie werden dich schon fassen, aber geh nur hin, du kannst es doch nicht lassen. Da hast du Geld zu einem Kruge Bier, aber vorher bestelle mir deinen Griechen. Vielleicht kannst du Aufwärter dort werden, denn aus deinen Schauspielen wird doch nichts, dieser Icarus war schlechter als alle früheren, ich kann mein Versprechen, gegen Vondel dich aufzustellen, nicht lösen. Verlasse mich, daß ich mich von dem Schrecken erhole, den du mir heute bereitet hattest.» – «Herr, verzeihet mir», rief Jan demütig bittend, «Ihr habt mir heute die größte Wohltat erwiesen, Ihr habt entziffert, daß ich irrte! Wo die Vögel im Winter weilen und ob Primula das Bild meines Herzens ist, beides soll sich mir heute enthüllen. Sonst habe ich nichts als diese Hoffnung, alles Vertrauen zu mir habt Ihr abgetötet, bettelarm an Geist stehe ich an der Schwelle der Gottlosigkeit, tausend Flüche nahen sich mir, bewillkommend wie Tröstungen.» – «Ich fluche dir nicht», sagte Hemkengriper, «obgleich ich noch nie in solcher Gefahr schwebte, aber der Strafe wirst du nicht entgehen, vielleicht trifft sie dich eben da, wo du so kühn nach Lohn trachtest. – Da, nimm deine Mütze und deinen Mantel. Bathseba soll deine übrigen Sachen, wenn sie nach Hause kommt, zum Glasermeister tragen, wir sind geschiedene Leute.» –

Mit diesen Worten entließ ihn Hemkengriper, als er schon die Haustüre hinter ihm angedrängt hatte, daß Jan kein Wort entgegnen konnte, sondern wie vom unvermeidlichen Schicksale gedrängt, von Amor geführt, von den Furien gegeißelt, gleich der andern Zahl Bürger und Studenten, in die Dule zu Biere ging.

Hemkengriper blieb in mancher Bedrängnis zurück. Die Täflein hatten ihm einen Blick in ein weibliches Herz gegönnt, das er sonst nur aus den erotischen Schriften der Alten kannte. Es war ihm verwunderlich, daß sich diese Primula an dem Fleiße und Fortkommen eines jungen unbedeutenden Burschen jahrelang erfreute, so ein Wesen hätte in seinen Kram, in sein Haus gepaßt, und die längst aufgegebenen Heiratsgedanken kehrten zurück. Er wünschte sich statt Jan in die Dule zu treten und redete sich vor, es sei nur um den Schimpf zu sehen, mit welchem ihn die Anhänger Zahnebrekers empfangen würden, eigentlich hätte er aber Primula ganz unbemerkt sehen und belauschen mögen. Welcher Rat dafür bei den Alten? Er dachte an Vertumnus und Pomona, fand den Kleiderschrank der Frau Bathseba offen und stand nach wenigen Minuten vollständig wie ein dienendes Frauenzimmer gekleidet, mit Haube und Strohhut vor dem Spiegel, ohne durch den Bart, den ihm die Natur versagt hatte, irgend verraten zu werden. Auch konnte er ganz gewiß sein, daß bei dem Andrange vieler Leute aus der Umgegend, die in der Dule den Abgang der Treckschuten abends erwarteten, ihm niemand besondere Aufmerksamkeit widmen, niemand die Verkleidung entdecken werde. Nur eine Sorge plagte ihn, ob er die wichtige Handschrift, welche Jan ihm hatte abschreiben müssen, in dem Hause zurücklassen oder mit sich herumtragen solle, sie gegen unglückliche Zufälle zu schützen. Endlich fand er eine glückliche Auskunft: da er nicht wie Bathseba drei wollene Latze und Unterkleider trug, so band er diesen Schatz wie eine Geldkatze um seinen Leib. Dann schrieb er einen Zettel an Bathseba, daß sie dem Griechen das Zimmer von Jan einräumen möge, ein notwendiges Geschäft werde vielleicht Anlaß geben, daß er erst spät nach Hause komme.

Mit einigem Herzklopfen betrat Hemkengriper den Ort, wo er sonst mit so vielem Glanze auf der Herkules-Linde war verehrt worden. Es waren nämlich zur doppelten Benutzung des beschränkten Gartenraumes auf den Linden Bühnen erbaut, wo ein Teil der Gäste sich abgesondert erlustigen konnte, während die Räume unter den Linden jedem geöffnet waren. Hier unten standen die Statuen, die ein Schiffer als Ballast von Athen mitgenommen und hier für eine schuldige Zeche abgesetzt hatte. Hemkengriper selbst hatte die Götternamen dieser alten Statuen ausgemittelt, sie dienten statt einer Nummer, und niemand lachte mehr, als eine Aufwärterin rief: «Diana will eine Tabakspfeife, Venus gebratene Tauben, Psyche ein Feuerbecken.» Und diese Aufwärterin, die so schön und rasch aufgewachsen, wer war es anders – als Primula, die er sonst kaum eines Blickes gewürdigt hatte. Ihre Mutter, die alte Agnes, brummte sie auf diese Bestellungen verdrießlich an: «Psyche kann warten, mit der Venus wird es noch Zeit haben, bring nur der Diana die Pfeife.» Bald geschah ein Aufschreien, ein Auslachen, die Alte hatte alles belauscht und brummte vor sich. «Sie hat dem reichen Tuchmacher eins abgegeben, weil er ihr einen Kuß aufheften wollte. Dummes Zeug! Da wird sie von niemand ein Geschenk erhalten. Was ihr nur so ein Kuß für Schaden tun kann? Sie hat keine Ader von mir, das Kind ist mir ausgetauscht. Die Ohrfeigen fallen ihr in die Hand wie überreife Birnen. Was ist die Folge? Der Herr wird uns den Abschied geben. Sie denkt nur an ihre Tulpen und an ihre Störche, und ich weiß nicht, woran sie sonst noch denkt.»

Ein alter würdiger Herr Bilderdik aus Amsterdam, in Samt prächtig gekleidet, und ein junger Mann, ein Schauspieler, der Brandan hieß und dessen er sich wohl erinnerte, nahmen jetzt seine Aufmerksamkeit in Anspruch, weil sie an der andern Seite der dichten Lindenhecke sich heimlich besprachen, ohne daß sie seine Nähe bemerkten. «Also Ihren Handschlag darauf», sagte der Alte, «Sie sagen niemand von dem unerwartet hier gefundenen Schatze, durch den sich diese unsere Spielreise so reichlich bezahlt macht. Sie erhalten zwanzig Prozent vom Gewinn.» – «Es bedürfte dieses Versprechens nicht», sagte der junge Mann, «nur die Erfüllung des von Ihnen mir schon Zugesagten, alle Ihre Bekanntschaft in der Stadt zur Auffindung des jungen Theaterdichters zu benutzen, der unsre Stadt entzückt, den Vondel stürzt. Wir müssen ihn als Direktor für unser Theater gewinnen, wenn er nicht zu vornehm ist, – denn leider heißt es, er sei der Sohn eines reichen Edelmanns und sein Name sei nur angenommen, um die Ehre des seinen nicht den Launen des Volkes preiszugeben.» – «Wir haben dazu noch manchen Tag», antwortete der Alte, «heute müssen Sie mich mit der Gelehrtenwelt bekannt machen.» – «Eine jämmerliche Welt», antwortete der junge Mann, «mir wird eng ums Herz, wenn ich daran denke, wie ich hier unter den streitenden Hähnen nur einmal mitgefochten habe. Mit welchen Träumen von der Herrlichkeit alter Weisheit trat ich hier ein, nicht die Worte, nicht die Gedanken allein, mein ganzes Wesen sollte ins Altertum hinüber leben, und die Alten sollten in mir auferstehen. Mit Staunen hörte ich die erste Zeit die beiden Sprachhelden Zahnebreker und Hemkengriper, denn ich dachte, nun wird es endlich kommen, endlich wird der Vorhang aufrollen. Aber immer blieb es bei den Kleinigkeiten, die jeder von ihnen entdeckt zu haben meinte, und dem andern abstritt, und selbst das Vorhandene ordentlich mitzuteilen, vergessen sie über diese gemeinen Klatschereien. Der Zahnebreker war doch wenigstens wie ein böses Kind, offenherzig mit seinen Niederträchtigkeiten, und darum siegte er auch endlich bei den jungen Leuten, denen so etwas mehr zusagte als das Edeltun und die heimliche Tücke Hemkengripers. Zu meinem Unglück kam ich diesem näher, und da ich etwas bei den Studenten galt, schmeichelte er meinen Erstlingsversuchen mündlich, während er sie öffentlich durch seine Anhänger schänden ließ und des feigen Nachsprechens der Halbheit sicher sein konnte, da Zahnebreker sich meiner als Anhänger seines Gegners nicht annahm. Die Eltern meiner Braut kündigten mir jedes Verhältnis auf, meine Mutter war tief bekümmert, weil die

Geistlichen mit Achselzucken von mir sprachen, Hemkengriper aber war um so freundlicher gegen mich, weil er sein Netz nun geschlossen zu haben und mich ungestört zu der Bearbeitung seines Wörterbuches eingefangen zu haben glaubte. Er ist reich, er machte mir Vorschüsse, und so war ich ihm, wie einem Seelenverkäufer, gesetzlich verpfändet und geistig hingegeben. Da säße ich vielleicht noch und müßte Bände durchlaufen, um ein Wort zu entdecken in seltener Bedeutung, und mir wäre dieser Abraum als einzige Nahrung vom reichen Tische der Alten geblieben! – Doch der geheime Gott, Zufall von den Menschen genannt, wollte es, daß ein Matrose das Spiel eines Bösewichts im Schauspiele für Ernst nahm und ihn erstach, daß ich dem Direktor einige abgeschriebene Rollen vorgelesen hatte, daß er in der Verlegenheit auf mich fiel, daß ich die ersten Bösewichter mit Erfolg darstellte, indem ich bald Hemkengriper, bald Zahnebreker nachbildete, daß ich beklatscht wurde, ohne daß jemand die Originale erkannte. Das ist meine Geschichte, wie ich Schauspieler wurde, und seht da, eins meiner Vorbilder, den Zahnebreker, wie er mit seinen buschigen schwarzen Augenbraunen, die er schrecklich auf der gelben faltigen Stirne zusammengezogen, gleich Jupiter die Welt regiert und die Studenten von seinem Lindenthrone herab zu einem lateinischen Gassenhauer aufmuntert, den er vor langer Zeit verfertigte. Seht nur den Eifer, ihm nahe zu sein, seinen Willen auszuführen. Hört nur in der Nähe, – da riß er wieder einen Witz, als ob er ihm eben eingefallen, den er regelmäßig anbringt, so oft neue Zuhörer kommen.» – «Ein schlimmes Völkchen», sagte der alte Herr, «aber dies Gestreite mag die Leute doch anregen und fortrücken, wie das Gesumme auf unsrer Börse den Handel und Wandel.» – Mit solcher Betrachtung schieden sie und ließen Hemkengriper in der seltsamen Lebensgefahr eines Basilisken zurück, der sein Bild zum erstenmal im Spiegel gesehen und aus Schrecken nicht einmal recht scharf hinzusehen gewagt hat. Aber bald hatte er sich gefaßt, er dachte, daß Brandan noch ein Mensch der Öffentlichkeit sei, obgleich kein Philologe, die Lust gegen ihn zu schreiben, erfüllte ihn mit einem Zittern, er sank in Ohnmacht vom Stuhle herab, und der Schriften-Ballen, aus den haltenden Bändern gedrängt, rollte unter den Röcken hervor. «Gott steh ihr bei in Kindesnöten!» seufzte ein schwaches altes Mütterchen, aber die jüngere Tochter, die herbeigesprungen und die Schriften betastet, rief ihr tröstend zu: «Nein, Mutter, das ist kein

Kindlein, es ist ein Schreibebuch.» Unterdessen war auch die alte Agnes herbeigehinkt und half den ohnmächtigen Hemkengriper in das Haus und auf das Bette der Tochter bringen.

Ohne diese kleine Unordnung zu beachten, war jetzt Jan, nachdem er den Griechen bestellt hatte, in den Garten getreten und hatte, verwundert, wie er sich anders vom Storchneste ausgenommen, seinen Platz zufällig unter Zahnebrekers Bühne an einem Tische genommen, wo aus Gewohnheit sonst nur Studenten zu sitzen pflegen. Sie spotteten in dem Kauderwelsch der Studentensprache über ihn, und die verstand er nicht, ebensowenig beachtete er ein paar spöttelnde Anfragen der Nachbarn, sondern beantwortete sie halb im Traume. Denn wie ein berechneter Komet dennoch zur Verwunderung des Sternkundigen zum erstenmal durch den Nachthimmel leuchtet, so kam Primula auf Zahnebrekers Ruf mit dem kristallenen Ehrenbecher voll rubinroten Weines sorgsam, daß nichts verschüttet werde, den Weg zu Jan dahergeschritten. «Sie ist es», rief es in seiner Brust, «so träumte Icarus»; und als sie näher trat, schien sie auch ihn zu erkennen, denn sie lispelte leise die ihm unverständlichen Worte: «Jan, was wollt ihr hier?» – Dabei schien die Röte ihrer Wangen zu schwinden, der Deckel des Kristallglases bebte, sie schlug ihre Augen nieder, als blicke sie mit Andacht nach dem Weine, und mäßigte ihren Schritt, indem sie die andre Hand an den Deckel legte. So sorgsam stieg sie die Treppe hinan, und die Strahlen der sinkenden Sonne warfen den blutroten Schein des Weines auf Jan, der nur das durchschimmerte weiße Kleid und die zierlichen Füße in grünen Schuhen wahrnahm. Oben hörte er deutlich den Namen Primula von Zahnebreker aussprechen, er sah sie rasch vor seinen Scherzen die Treppe hinabeilen, sah, wie sie eine Stufe im Herabsteigen verfehlte, und doch, wie von einem Traum gefesselt, sprang er ihr zu spät zu Hilfe, als sie sich schon selbst durch einen glücklichen Griff nach dem Geländer gerettet hatte. Dennoch reichte er ihr die Hand, aber sie wagte nicht, diese liebe Hand anzunehmen, sondern sagte nur: «Eure Hilfe kam diesmal zu spät, Jan, Ihr denkt wohl, ich bin so geschickt im Klettern wie Ihr, aber Euch wäre besser, Ihr säßet im Storchneste als hier.» – Ein Ruf aus dem Tempel des Apollo nötigte sie fortzueilen, und Jan saß nicht lange im Nachsinnen, welche Gefahr ihm drohen könne, als es um ihn her schon unruhig wurde. – «Ich gebe mein Ehrenwort», sagte einer, «dieser junge freche Kerl ist der Secundus, welcher jetzt Famulus bei der Blindschleiche, beim Hemkengriper, ist, ich erkenne ihn an seinem Josephsrocke, es ist der Secundus, welcher die tückischen Artikel gegen unsern Meister verfaßt hat in dem Zeitungsblatte, unter andern, wie er einen Zettel vom Butterteller verloren, und daß darauf jene Ergänzungen des Aeschylus gestanden, die Zahnebreker entdeckte und womit er soviel Licht verbreitete. Dann machte er sich wieder lustig über das Lobgedicht, welches wir Zahnebreker überreicht.» – Jan hörte wohl diese Anklage, aber er meinte gar nicht, daß es ihn angehe, da er von diesen boshaften Aufsätzen, die Hemkengriper unter seinem ihm angetauften Namen Secundus drucken lassen, nie ein Wort bei seiner Scheidung von der Welt vernommen hatte. – Ruiter, ein großer älterer Student, fand sich aber von seiner Heftigkeit berufen, geradezu vor Jan hinzutreten und ihn zu fragen: «Steht sein Name auf dem Wisch gegen mein Lobgedicht, so will ich ihn zeichnen, daß er von jedermann an Galgen und Rad auf seiner Backe erkannt werden kann.» – «Der Mauerbrecher ist gespannt», rief einer, «der Bösewicht muß gestürzt werden.» – «Die Sündflut kommt», rief ein anderer, «pereat Hemkengriper und sein ganzer saubrer Anhang!» Bei diesen Worten hatte Ruiter zwei Bierkrüge ergriffen und sie über Jan gestürzt. Was half es ihm, daß es vom Leydener Biere war, es verdarb ihm sein sauer erworbenes Ehrenkleid, das er dem Kleiderschranke Hemkengripers abverdient hatte, ein Kleid von seltsamer violetter Farbe, woran er zuerst erkannt worden. Jener Schimpf, dieser Verdruß vereint hatten ihn viele Jahre zurückversetzt in die Gewohnheiten der Matrosen, mit denen er bei seinen Pflegeeltern verkehrte, und seine Hand mit dem Brotmesser bewaffnet, das er nach damaliger Gewohnheit in lederner Scheide in einer Seitentasche seiner Beinkleider trug. Ruiter wurde durch diesen entschlossenen Griff von dem zweiten Bierschusse abgehalten, den er schon aufgelegt hatte, und zog zu seiner Sicherheit gleichfalls ein Messer, während die Freunde als kundige Vermittler solcher Zweikämpfe mit Jan besprachen, wie die Spitzen sollten abgebrochen werden von den Messern und wieviel jeder sollte vorstehen lassen von der Schneide. Jan aber lachte grimmig auf, warf sie mit schneller Wendung wie ein Bär die Rüden auf die Seite, stellte sich Ruiter gegenüber und rief: als er ihn begossen, habe er auch nicht bemessen, wieweit er naß werden sollte, es sei ihm aber eiskalt bis ans Herz gelaufen. Er breche kein Messer, wenn er es brauche, und so weit es in seines Feindes Herz reiche, wolle er es brauchen. Das fanden die Anwesenden gegen den Studentenbrauch, aber er lachte wieder und trieb sie und seinen Gegner aus einer Ecke der Lindenhalle in die andere, bis er sie alle hinausgefochten zu haben meinte. Aber hier an dem Eingange hatte er zwei entschlossene und gewandte Burschen übersehen, die, erst zurückgebeugt, seine Arme von hinten faßten, mit Tüchern umstrickten und geschickt auf dem Rücken zusammenzogen, ehe er ihnen etwas anhaben konnte. «Hab manches Roß so niedergeworfen», rief der eine, «will auch mit dir fertig werden», und schlug ihm mit einem Schemelbein das Messer aus der Hand. So fand sich Jan wehrlos seinen Feinden gegenüber, auch hätte sich Ruiter wohl noch an ihm gerächt, aber der eigne Blutverlust hatte ihn entwaffnet, und der Schrecken seiner Freunde über die tiefe Wunde wendete ihre Gedanken zum Beistande, sie führten ihn aus dem Gedränge, wo sich schon manche Stimme gegen die Studenten hören ließ, nach einem Keller, wo Bier gezapft wurde. Die übrigen fragten Zahnebreker, was zu tun sei bei der Wachsamkeit der grünen Schelme, denn so wurden die sechsunddreißig Wächter genannt. Zahnebreker riet, daß sie mit dem Schiffe abführen, das sich eben gefüllt hatte, um ihr Alibi zu beweisen, und so blieb Jan, wie ein gefesselter Prometheus, angebunden bei einer Linde zurück, von den zudringlichen Fliegen wegen des Bieraufgusses wie von Geiern umflogen und benagt, trotzig in seinem Herzen gegen alles Mißgeschick, das ihn noch treffen könne, ohne die kleinste Hoffnung eines guten Ausgangs.

Da nahte ihm Primula eilig, durch den Bericht eines Fremden ungewiß, wer schwerverwundet sei, und freudig überrascht, als sie Jan, ein paar leichte Armwunden abgerechnet, unverletzt wiedersah. «Ich warnte Euch», sprach sie, «aber Ihr wolltet nicht hören, ich hatte es gleich weg, daß Euch Zahnebreker als Feind erkannt hatte. Vielleicht hat es nichts auf sich, – ich habe hier schon größere Unglücksfälle erlebt.» – «Ach, Primula», seufzte Jan, «du bist mir nahe in Wirklichkeit und Wahrheit, alles andre mag ein Traum sein.» – «Primula heiße ich, das ist wahr», sagte sie, «aber jetzt hütet Euch vor allem Wundfieber und falschen Träumen, Eure Wunden will ich verbinden und etwas gegen die Entzündung sprechen, was gewiß hilft.» Sie riß einen Streifen ihres Hemdes ab, sie brach einen Zweig, sie drückte unter Gemurmel den Zweig auf die Wunde, und er meinte etwas von den Versen zu hören, die Protea dem toten Icarus sang. Als sie die Wunden mit dem leinenen Streifen gebunden, glaubte er sich ganz geheilt, und doch war noch eine Wunde auf seiner Brust zu verbinden, welche sie jetzt erst wahrnahm und die gewiß seinem Leben ein Ende gemacht hätte, wenn der Hauptstoß nicht die eine der kleinen hölzernen Tafeln getroffen und gespalten hätte, die er statt der Störche jetzt unablässig auf seiner Brust trug. Sie nahm diese Tafeln ihm ab und sagte leise: «Du sollst sie wiederhaben, jetzt kommen die Männer vom Gericht, sie würden unser liebes kleines Geheimnis verraten.» Dann verband sie auch diese Wunde, während schon die drei Haltefeste ihn bei Rock und Weste gepackt hatten. Sie fragten, wer ihn verwundet habe? Er antwortete, daß er es nicht wisse. Der eine der drei grünen Männer war unterdessen von Zahnebreker unterrichtet worden, daß dieser Verwundete zuerst das Messer gezogen habe, und inquirierte weiter, indem er zugleich der verbindenden Primula einen Kuß zu geben trachtete. Aber Jan fuhr unsanft dazwischen, und jener, ergrimmt, sprach von beleidigter Obrigkeit und vom Brummstall, wo er solle beten lernen. «Es ist mein Bräutigam», entgegnete Primula, «darum ist es recht, daß er für meine Ehre sorgt, und ich bin eine Bürgerstochter und will gut für ihn sagen.» – «Geld her!» – «Da in der Tasche sind zehn eingenähte Gulden, das andre Geld gehört dem Herrn.» – «Wenn's nicht dreihundert sind, so haben wir keine Sicherheit, denn dieser Mensch ist ein Rebell gegen die Obrigkeit, hat sich an uns vergriffen, fort, marsch ins Stadtgefängnis.» – Nur ein Blick war noch vergönnt, da zogen sie fort mit ihm und der ganze Schwarm der Neugierigen ihm nach. Primula blieb einsam zurück mit den beiden Musikanten, welche die Zeit der Verwirrung benutzten, das Bezahlte und Ungenossene sich anzueignen. Sie störte die beiden armen Seelen nicht, sondern weinte aus tiefstem Herzen im Dunkel der verödeten Laubhalle, und horchte nach den Störchen, die eifrig klapperten, als ob sie ihre Teilnahme für beide Pfleger ausdrücken wollten. Trostlos warf sie sich in der Laube auf ihre Kniee nieder, nicht vor dem Götterbilde, denn es war in Nacht verhüllt, sondern vor dem Unsichtbaren, dessen alles Sichtbare bedarf. Schon fühlte sie sich stärker, als die Musiker, um ihren Dank abzustatten für das unbezahlte Mahl, mit ihrer Geige und Pfeife ein Abendlied anstimmten. «Die gottlose Musik», rief sie in ihrer Not, «schringt wie scharfer Essig in der Wunde, Höllenmusik, Lügenmusik! Wenn einem ohnehin wohl ums Herz ist, da tut sie mit uns schön, verspricht sichern Trost für jeden künftigen Jammer, und kommt dieser nun wie ein Feind über Nacht, so ist sie mit ihm einverstanden, das Herz zu zerreißen und die Gedanken zu verwirren.» –

So ist es aber mit allen unsern Künsten, setzen wir hinzu, Kinder der Dämmerung sind sie, weder der helle Mittag noch die schwarze Mitternacht können sie bewahren, dennoch hat jeder Tag und jedes Leben seinen Morgen, seinen Abend, wo sie gelten. «Fort mit euch», rief sie endlich, «es ist zu spät», und auf ihren Wink fuhren die beiden Kläffer, Mopsulus und Spizilus, wie sie Zahnebreker getauft hatte, auf das pfeifende Binsenlicht und auf den geigenden Schwamm, so daß beide, mit ihren musikalischen Werkzeugen bewehrt, ihren Rückzug nicht ohne Gefecht zustande brachten.

Dann fuhr Primula fast unbewußt der Bahn ihrer Töne nach, wie eine Blinde, und es kamen Worte aus ihrem Herzen, die wir uns deuten wollen:

«Wann wird die Nacht mir enden,
Wann werd ich wieder wach,
Wann trägt auf goldnen Händen
Auch mich ein lichter Tag?
Es ist des Herrn Wille
Auch dieser schwere Traum
Er ruft mich in der Stille,
Er füllt den leeren Raum.

Nun ich auf meinen Knien
Zu dir, o Herr, gefleht,
In meiner Tränen Glühen
Hat Hoffnung mich umweht.
Ich sehe Blitze leuchten
Durch diese schwüle Luft,
Die wen'gen Tropfen feuchten
Des Herzens dürre Gruft.

Es fühlt sich neu belebet
Bei diesem hellen Schein,
Ein Engel es umschwebet,

Und führt mich zu dir ein,
Er führt auf schmaler Brücke
Mich übern tiefen Schlund,
Er öffnet meine Blicke
Und schließet mir den Mund.

Oh, könnt, ich ewig beten
Zu dir, o Herr, im Geist,
Da würd' auch ich betreten
Dies Land, das sich mir weist.
Doch ich werd' fortgetrieben,
Ich dien' für Menschenspott,
Dein Trostwort nur ist blieben:
Dien' treu, so dienst du Gott!»

«Lieb' ihn, so liebst du Gott, hilf ihm, so hilft dir Gott!» fügte sie leiser hinzu, aber die Stimme der Mutter rief gebietend: «Primula!» Sie sprang auf, und jene Worte verwandelten sich in ein: «Hilf dir, so hilft dir Gott!» Mit dem Worte war ihr geholfen. Ihr Antlitz erheiterte sich, ihr Geist war frei und jeder Tätigkeit bereit, sie sprang wie ein Hirsch über umgeworfene Stühle und Bänke, um rasch dem Rufe der Mutter zu folgen, und diese hielt die im Haar ihrer Wangen noch schwebenden Tränen für die Folge eines flüchtigen Regenschauers, der in Holland so gewöhnlich, und sagte: «Es ist doch keine Stunde ohne Regen, geh, Primula, recht schnell auf den Boden, da hängt Kamillenblüte und Holunder, wir wollen der armen Frau daraus einen Aufguß kochen.» Primula verrichtete das in Eile und flößte auch dem halbohnmächtigen Hemkengriper eine Tasse dieses Aufgusses nachher ein. Die Besinnung kehrte ihm zurück, das antike Antlitz der Schönen, die neben ihm stand, mochte ihn an einen Vers der Ilias erinnern, wenigstens war sein erstes Wort der griechische Vers:

«Weh mir, ein großes Wunder erblick' ich dort mit den Augen.»

«Das Weib redet irre», sagte die Mutter, und Hemkengriper fuhr fort: «Nimmer ja hoff' ich deiner Hand zu entfliehen, nachdem mich genähert ein Dämon.» – «Er spricht von Damon», meinte die Mutter, «das ist ein Schäfer in Vondels Schäferspielen.» Primula aber meinte, es klinge gerade wie das kauderwelsche Zeug, womit Zahnebreker sie anschrie und worüber die Studenten so entsetzlich lachten. «Daraus siehst du», sagte die Mutter, «daß die Narrheit bei gelehrten und ungelehrten Leuten von einerlei Art», und dann fragte sie die Kranke, die ihr lästig wurde, wo sie zu Hause, der Hausknecht solle sie dahin führen zu besserer Pflege. Aber Hemkengripers List stellte sich kränker an, als er eigentlich war, um nicht fortgeführt zu werden. Er befand sich eigentlich ganz hergestellt, überdachte, was zu tun, wandte sich auf die Mauerseite, daß ihn die Alte nicht erkenne, während er ihr ein paar Gulden reichte, wodurch überflüssig alle Mühe belohnt war, die sie gehabt und noch haben konnte. Die alte Agnes freute sich der reichlichen Gabe, winkte der Tochter, sagte ihr, daß dies nach ihrem Geschenke eine angesehene Frau sein müsse, versprach der Tochter eine Kleinigkeit, wenn sie die Kranke wohl versorge und bewache, kümmerte sich auch wenig um das grämliche Gesicht der Tochter, die ihr reinliches, selbst erworbenes Bette der vom Falle beschmutzten Fremden überlassen und wachen sollte, sondern schärfte ihr im Weggehen die Sorge für die Kranke nochmals ein.

Primula war zu gutmütig, um lange auf die Kranke erzürnt zu sein, bald wehrte sie den Fliegen, daß sie sich nicht auf Hemkengriper setzten, während sie die Silberspangen ihres Kopfschmuckes löste und ihre Haare frisch zusammenflocht. Sie ahndete nicht, in welchen Kampf sie Hemkengriper stürzte mit jeder reizenden Bewegung, die über ihn hingebeugt seine halbgeöffneten Augen zum Sehen zwang. Nur die Rücksicht auf sein Manuskript, das er noch zu besitzen glaubte, hielt ihn davon ab, ihr um den Hals zu fallen, aber das nahm er sich vor, bei der künftigen Herausgabe ihr Bild als Minerva vorstechen zu lassen. Wirklich lebte er in derselben Täuschung, die öfter in Gesellschaftsspielen gegen Unkundige benutzt wird, indem man ihnen einbildet, ein Geldstück durch festes Andrücken auf die Stirn so befestigen zu können, daß sie es mit keiner Bewegung abzuschütteln vermochten. Vergebens zerren sie mit den Gesichtsmuskeln, und doch ist ihnen nur der feste Eindruck geblieben. So fühlte auch Hemkengriper den Druck der Schnallen noch immer, womit die Handschrift befestigt war, nachdem sie längst entfallen, machte aber keine Versuche sie abzuschütteln, sondern machte vielmehr keine Bewegung, um sie ungefährdet zu erhalten, und bekämpfte auf diesem Wege alle böse Teufel, die ihn aus Primulas schönen Augen lockten. Endlich wurden die Fliegen müde, und ihr fiel ein, daß sie in der Unruhe dieses Abends ihren kleinen Blumengarten zu begießen vergessen habe. Schnell griff sie nach ihrer Gießkanne, füllte sie am Brunnen und übergoß die Blumen aus fein gelöcherter Brause wie mit Nachttau, während der Vollmond ihr vorleuchtete und ein Feuerwurm wie ein strahlendes Sternbild sich auf ihr Haupt niedergelassen hatte. Aus einem nahen Bürgerhause klang die heitere Musik eines Abendtanzes, als ob ihr ein Ständchen gebracht würde zum Hochzeitsfeste mit Jan, denn in diesen Gedanken war ihre Sorge um ihn untergegangen. Da erschallte aus einer der Götterlauben eine Baßstimme. Es war Brandan, der da seines Begleiters harrte und eine Blumenidylle vortrug und sich am Widerhalle eines Giebels ergötzte, der wohl nicht zu diesem Zwecke erbaut war, aber gewiß keinen besser erfüllte und alle Reime recht deutlich ihm nachzählte.

> *Nieder zieht der Abendwind,*
> *Wiegt in Schlaf manch schönes Kind,*
> *Löscht die Lichter,*
> *Doch es weckt der Vollmondglanz*
> *Blumen zu dem Abendtanz,*
> *Himmlische Gesichter.*
> *Blumen springen aus dem Bett,*
> *Waschen sich im Tau so nett*
> *Und sich schmücken;*
> *Manches krause weiche Blatt*
> *Sich erst neu entfaltet hat*
> *Ahndendem Entzücken.*
> *Jede sich im Bach besieht,*
> *Nun sie hin zum Tanze zieht,*
> *Ob sie glänze,*
> *Und das Bächlein wird so glatt,*
> *Jeder zugemurmelt hat:*
> *'Amor bringt dir Kränze.'*
> *Alle Blumen schwesterlich*
> *Grüßen, küssen, herzen sich*
> *Hier im Kreise,*
> *Jede wartet auf den Gott,*
> *Der so oft nur leichten Spott*
> *Gibt nach seiner Weise.*

Nachtigall ist auch bestellt,
Sich im Laub verstecket hält,
Spielt zum Tanze;
Und ein jedes Gartenbeet
Schon voll schöner Tänzer steht
In dem Vollmondglanze,
Doch die Frauen sehen kalt
Auf die Herren jung und alt,
Und sich brüsten;
Denn ein Gott, der gilt viel mehr
Als der Nachbarn Lustverkehr,
Die zum Tanz sich rüsten.
Nachtviole bleibt zu Haus,
Wagt sich nicht zum Tanz hinaus,
Steht vergessen;
Doch ihr Duft die Luft durchzieht,
Und der Feuerwurm erglüht,
Fliegt ihr zu vermessen.
Amor ist der Feuerwurm,
Und sein Licht, das löscht kein Sturm,
Macht's nur heller;
Und er leuchtet Liebchen vor,
Führt sie selbst zum Tanz vors Tor,
Und der Tanz rauscht schneller.
Eintracht schien in bunten Saal,
Zwietracht kommt zu aller Qual,
mit den beiden;
Weil der Gott von Lust und Leid
Einer zuflog, sucht der Neid
Sie mit List zu scheiden.
Gänseblümchen weiß nur nicht,
Wie sie zorn'ge Blicke richt',
Ist verlegen;
Stetes Lachen läßt nicht gut,
Gar zu traurig sie nun tut,
Muß sich viel bewegen.
Ob wir schon viel klüger sind,
Als dies liebe weiße Kind,
Ruft Peone,

Kommt es uns doch nimmer ein,
Amor könne unser sein
Auf dem Götterthrone.
Doch wir bleiben hier allein,
Weil wir ganz geruchlos rein
Keinen locken;
So die Lilien seufzen still,
Weil sie niemand nehmen will,
Trotz der großen Glocken.
Tulpe hängt den Kopf sogleich,
Wie ein Vöglein hängt am Zweig,
Zu Narzissen;
Hat den Kelch ihm zugewandt,
Spricht von Ehre und von Stand,
Und von dem Gewissen.
Rose lockt mit hellem Strahl
Nachtgevögel ohne Zahl,
In dem Zorne;
Jedem ihre Dornen reicht,
Daß er an dem Gott hinstreicht,
Und ihn blutig sporne.
Rittersporn und Eisenhut
Wählet sie im wilden Mut
Zu dem Fechten –
Und das Tausendgüldenkraut
Bietet sie zur Werbung laut,
Als ein Lohn den Knechten.
Gleich der hohen dunklen Stadt,
Die sich rings gelagert hat
An dem Garten,
War hier Stille nur zum Schein,
Neid schlägt Licht zu seiner Pein
Schlägt in Klingen Scharten.
Doch des Gottes leicht Geschoß
Jagt zurück den wilden Troß
Ohne Schaden;
'Stören lasse ich mich nicht,
Gönne jeder ihren Wicht,
Bin ein Gott der Gnaden.'

Nachtviole hebt das Haupt,
Amors Feuer sanft bestaubt
Ihre Wangen:
'Jeder regt der Gott die Brust,
Gönnt dies Heute meiner Lust,
Laßt mich einmal prangen.
Morgen ist ein andrer Tag,
Wo er andre lieben mag
Nach Gefallen;
Zeigt nur, daß ihr würdig seid
Dieser Liebe, die sich weiht
In der einen allen.'»

«Weiter, weiter», rief der alte Herr, der sich ihm mit dem Wirte genähert hatte, «so muß man heimlich anschleichen, um Sie zu hören.» Mit veränderter Stimme, ähnlich der gezierten Manier einer ersten Sängerin in Amsterdam, sang Brandan weiter:

Frau Peone, klüglich denk'
An das goldene Geschenk,
Heb' den Schleier,
Sieh die Flamme an dem Platz,
Der jetzt trägt den reichen Schatz,
Heb' ihn auf den Freier;
Rose, sieh des Sternes Schein,
Er will ein Komet nun sein,
Er will schießen,
Spann die weichen Blätter aus,
Fällt der Stern dir nicht ins Haus,
Fällt er dir zu Füßen.
Und ihr Lilien, seht herab,
Steht er nicht auf einem Grab,
Seht die Flammen,
Sieh ihn, der mit Irrlichtschein
Sinkt in deinen Kelch hinein,
Nacht bringt euch zusammen.»

«Das war nun wieder eine Ihrer Bosheiten», sagte der dicke Herr, «man muß es Ihnen abstehlen, wenn man etwas von Ihnen hören will; schreiben Sie auf, was ich vorher von Ihnen hörte.» – «Ach, alter Freund», sagte Brandan, «Sie wären vielleicht der erste, der diese Verse um Wendungen tadelte, die eben darum, weil sie nicht gewöhnlich, mich allein erfreuten, es ist nicht mehr erlaubt zu dichten, weil es nicht mehr erlaubt ist frei zu sein, was Ihr auch von unsrer neugebacknen Republik sagen mögt. Auch gibt es endlich doch nur einen lebenden Dichter, und dies ist eben der Jan Vos, den ich suche, dem alles gelingt, während mir nur Einzelnes sich gestaltet, und den ich aus dunkler Ahndung hier durchaus zu finden meine.» – «Ich wünsche, daß Sie so glücklich sind wie ich», antwortete der alte Herr, «dieser gute Mann, der Wirt des Hauses, verpflichtet sich, jene Tulpe zu bewahren, und will sie morgen hier öffentlich zum Besten der Besitzerin versteigern. So kann ich nun ruhig schlafen, aber sehen Sie nur die Tulpe recht an, so deutlich war selbst auf des Hope schönem Exemplar die Flagge von Enkhuisen nicht zu erkennen, sehen Sie die drei Heringe und die drei Sterne im blauen Felde, es ist der schönste Admiral von Enkhuisen, der mir je vorgekommen, und ich müßte ihn besitzen, auch wenn ich ihn nicht bis übermorgen zu schaffen versprochen hätte.»

Der Hauswirt nahm mit Vorsicht den Topf aus der Reihe im kleinen Garten und trug ihn mit sorglicher Hilfe des alten Herrn und Brandans nach dem Hause, ohne daß Primula, welche sich durch den Verlust der schönen Blume gekränkt glaubte, Einspruch zu tun wagte. Sie dachte nur an die Schönheit der Blume, wußte aber nichts von ihrem hohen Werte, der durch die seltsame Liebhaberei zu einer Art Kauf auf künftige Zeit, wie jetzt mit Staatspapieren, die Veranlassung gegeben, indem jeder, wie er den künftigen Preis vermutete, diese oder eine andre Tulpe zu liefern versprach, sich aber um deren Aufziehung nicht kümmern konnte, sondern in den Versteigerungen nun so vorteilhaft wie möglich sein Versprechen erfüllte oder aber in den meisten Fällen gewann oder verlor, je nachdem sich auf diesen Versteigerungen der Preis erhöht oder erniedrigt hatte, so daß eine Versteigerung den Kurs feststellte. Bei solchen Spekulationen denke man sich den Fall, daß nun eine der beliebtesten Art durch Zufall ganz ausgeblieben, also die, welche zu einem gewissen Preise zu liefern versprachen, ihr Versprechen gar nicht erfüllen können. Da steigt der Verlust ohne Grenzen, denn der Gegner kann fordern, was er will, und in dieser Lage befand sich der alte Herr mit diesem Admiral von Enkhuisen, den er für 20000

Pfund zu stellen versprochen hatte, ohne bis zu diesem Tage in ganz Holland eine Tulpe der Art auftreiben zu können, weil unerwarteter Nachfrost den Gärten geschadet hatte. Primula tröstete sich bald über den kleinen Verlust durch die Erinnerung der größeren Besorgnisse, die sie quälten, und beide erdrückte die Müdigkeit, die, ohne sich an das strenge Gesetz des Wachens zu binden, als Primula kaum neben Hemkengriper sich an die Erde gesetzt, sich ihrer bemächtigte, den Geist zur Ferne entrückte und den Körper in Banden als ein Pfand zurückließ, daß er zur rechten Zeit sich wieder einstellen und ihn einlösen wolle. Hemkengriper bestand unterdessen die heftigsten geistigen Kämpfe. Er hatte bisher in seiner eigensinnigen Alleinheit über so manche Familienverhältnisse und Liebeleien seiner Kollegen im schönsten Latein spotten können, ohne gleiche Vorwürfe besorgen zu müssen. Diese Nacht konnte ihn jedem Spotte preisgeben, und schon diktierte er sich selbst zu eigner Qual Briefe, Verse, Elegien, die über dies Ereignis künftig umlaufen würden. Schnell unterdrückte diese Geistestätigkeit der Wunsch, der Schlummernden ein besseres Lager als die harten Dielen freudig anzubieten, ja er fühlte sich so beklemmt und geängstigt, daß es kein Wunder zu nennen, als eines der Bänder riß, mit welchen er das Manuskript an seinem Leibe noch befestigt glaubte. Aber neuer Schrecken erstarrte ihn, als er dieses Band zu verknüpfen suchte und seine Handschrift nicht mehr vorfand, sondern nur die leere Hülle, die sie umgeben hatte. Wer möchte ihm nicht die Wildheit verzeihen, mit der er jetzt um sich griff, weil er sie im Bette versunken glaubte, und das Seufzen, als er nun wie ein Perlenfischer, der emportauchte statt einer Perlenmuschel einen alten Scherben emporträgt, denn wirklich brachte er statt der Handschrift das umgestoßene Geschirr, worin der Kamillentee für ihn über glühenden Kohlen bewahrt worden, mit halbverbrannter Hand hervor. «Diebe, Diebe», rief es aus ihm unwillkürlich, und Primula, von dem Geschrei aufgeschreckt, rief ohne Nachdenken aus bloßer Angst ebenfalls: «Diebe, Diebe!» – «Wo sind Diebe?» fragte der geängstigte Mann, der vor seinen eignen Schatten erschrak. «Habt Ihr sie nicht gesehen?» entgegnete Primula, «Ihr riefet ja wie besessen mit einer Stimme ärger wie ein Mann den Dieben nach? Nun, es war wohl ein Fieber, nehmt von dem Kamillenwasser, gute Frau, aber es ist umgestoßen.» – Hemkengriper hatte sich gefaßt, er sagte ihr, daß er ein Bündel Handschriften verloren, die ihm sein Herr Professor zum

Forttragen übergeben habe. – «Oh, da kann ich ihr helfen», rief Primula, «auf dem Boden liegen noch viele solche Schriften, die Studenten nennen es Hefte, die uns ein junger Herr zurückgelassen, als er wegen Schulden davongelaufen, davon nehme Sie sich morgen soviel als Sie braucht.» – «Nein», sagte er, «zwei Handschriften sind so wenig einerlei wie zwei Menschen, und ich bin verloren, wenn ich die Werke meines Herrn nicht wiederfinde, ja die Welt ist gewissermaßen verloren. Weiß Sie denn, was der Weltuntergang?» – «Nun freilich, das ist nichts weiter als der Jüngste Tag.» – «Nichts weiter! Der Untergang der Welt ist ein Versinken alles dessen, was die Geschichte in so langer Zeit an sichtbaren Spuren ihres Wirkens, an Zeichen der menschlichen Gedanken gebildet hat, und was ist es anders, wenn die Arbeit eines Menschenlebens untergeht?» – «Ich verstehe Ihre Geschichte nicht, Sie muß wohl eine kuriose Geschichte haben, aber wir wollen doch suchen nach der Schreiberei.» Dankbar umarmte sie Hemkengriper, und ein Blitz des Irdischen durchleuchtete den leeren Raum seines Innern, und da sah es schrecklich aus. Beide suchten aber vergebens; sowohl in der Stube wie im Garten fand sich nichts. Er faßte jetzt wie am Jüngsten Tage nach seinem Kopfe, nach seinen Gliedern, und sie waren noch alle vorhanden, sonst aber nichts in der Welt, denn er verachtete alle andre seines Faches, und dieses Fach war seine Welt, und diese Welt sollte er nun wieder von neuem beleben mit seiner Arbeit, denn sein Gedächtnis war ihm nicht treu. Da fiel ihm Jan ein, dessen eisernes Gedächtnis ihn oft in Staunen gesetzt hatte, wie er die lateinischen Diktate ihm manchmal vorgesprochen hatte, dann auch sein Scharfsinn, wie er allmählich deren Inhalt erraten hatte, und im Augenblicke war aller Zorn vergessen, von ihm und mit ihm vereint hoffte er alles ins Gleiche zu bringen mit der Hilfe weniger Jahre; wenigstens war er gewiß, daß Jan keine einzige seiner griechischen Verbesserungen vergessen hatte, und diese machten nicht nur den Hauptteil aus, sondern schienen ihm auch wichtiger als die Werke der alten Griechen, denen sie erst nach seiner Meinung einen Verstand angeschuht hatten. Im Hochgefühl dieses Trostes sagte er mild zu Primula: «Ich will dich nicht verführen, ist meine Arbeit beendigt, so will ich dich heiraten und du sollst selige Tage leben.» – «Ja, ja, liebe Frau», sagte Primula begütigend, «halte Sie sich nur ruhig, der Anfall wird auch vorübergehen – ich bin nur froh, daß Sie nicht mehr tobt. Sie mag eine recht gute Frau sein, aber Sie ängstigt mich erschrecklich, und es ist mir lieb, daß diese Nacht vergeht und daß ich die Mutter auf der Treppe höre.» –

Kaum war die Mutter eingetreten, so eilte Primula mit dem blanken Milcheimer zum Stalle und zum täglichen Geschäfte, wo sie der Störungen dieser Nacht fast vergaß. Erst nach ein paar Stunden kam sie wieder in das Zimmer zurück und brachte die Morgensuppe. Die Fremde fand sie schreibend, während die Mutter feierlich auf sie zutrat, ihre Hand ergriff und sie in die nicht schreibende Hand der Fremden legte. «Seid hiermit verlobt», rief die Mutter, «und mein Fluch dir, wenn du meinem Willen widersprichst, mein Segen, wenn du den Mann beglückst, wie er es verdient.» – «Ein Mann diese Frau?» stammelte Primula. – «Nun ja», antwortete die Alte, «es hat jeder Mann so seine Seltsamkeiten, dieser reiche Herr Professor Hemkengriper, welcher unser Haus sonst täglich besuchte, wurde hier von seinem Erbfeinde vertrieben, dennoch kam er verkleidet, um zu sehen, wie du emporgewachsen. Halt dich gerade, du hast mehr Glück als Verstand, er will dich zur Frau Professorn machen, und das ist viel. Also reiche ihm in Gutem die Hand, ihr seid verlobt.» – Primula weigerte sich nicht, sie glaubte zu bemerken, was die Mutter wolle, wies mit dem einen Finger auf ihre Stirn, nickte und lachte, dann sagte sie heiter: «Nun, meinetwegen, schöner Herr Bräutigam, aber Sie müssen sich nur nicht überstudieren.» Hemkengriper legte die Papiere zusammen, seine ersten Erinnerungen aus dem verlornen Hefte, schwor Treue und Ergebenheit und steckte einen Ring an den Finger ihrer Hand, die er zärtlich küßte, und empfahl sich bis zur nahen Wiederkehr ihrer Liebe. Alles drängte ihn zur Eile, und die Mutter verbot Primula, ihn nicht durch den Hausknecht begleiten zu lassen, wie diese heimlich in Vorschlag brachte, denn der Herr sei bei vollem Verstande. Hemkengriper fand bei seiner Heimkehr, die er ohne Störung vollbrachte, die alte Bathseba in Tränen. Er meinte wegen seines Ausbleibens, aber sie klagte nur, daß Jan wegen eines Mordes verhaftet sei und mit dem Leben büßen müsse. «Da wäre alles verloren», rief Hemkengriper, «ohne ihn würde ich mich nicht der Hälfte von dem erinnern, was ich ihm diktierte.» In Eile ließ er sich umkleiden und eilte zu dem Bürgermeister der Stadt, der ihn feierlich empfing und mit einer zierlichen Rede begrüßte, ihm aber wenig Hoffnung für Jan geben konnte. «Der Schwerverwundete ist ein Sohn von Ruiter

Straaten und Compagnie, mütterlicherseits ein Enkel von Dedem Vater und Sohn in Amsterdam, und der Jan hat nie einen Vater oder Mutter gehabt, er ist kein akademischer Bürger, er wird der Stadt zur Last fallen mit seiner Hinrichtung. Könnt ihr ihm eine Matrikel schaffen, so ist er gerettet, so gilt es für einen kleinen Exzeß, und ihr sparet der Stadt große Unkosten.» – «Er ist Student», schrie Hemkengriper, «ich gebe mein Wort, ich habe ihn aufgenommen, und kein hiesiger Magistrat hat über ihn zu richten, ja, ich verklage die Stadt, daß sie seine Rechte gekränkt hat.» – «Volenti non fit injuria», antwortete der Bürgermeister; «der junge Mann hat sich für einen Glaserburschen ausgegeben, so hat nicht anders mit ihm verfahren werden können.»

Hemkengriper eilte in das Gefängnis, wo Jan bleich und starr auf eine Schnur blickte, welche von einem Papierhefte herabhing. «Du sollst gehangen werden, armer Junge», rief Hemkengriper. – «Wohl», antwortete Jan, «so wird mir die Mühe gespart, und diese Schnur trägt mich ohnehin nicht. In dieser Schnur schickte mir Elzevir meinen Icarus zurück und ließ mir sagen, nur wenn Ihr eine Vorrede dazu wollet geben, könne er das Werk drucken, ohne solche Empfehlungen werde er sich nicht einmal die Mühe nehmen es durchzulesen. Eine halbe Stunde war genug, um es hin und zurück zu senden, – und doch war meine Bürgschaft, meine Freiheit, mein Lebensruhm darauf begründet.» – «Vorrede, lateinische Lobgedichte», rief Hemkengriper, «will ich hinzufügen, es ist ein köstliches Werk, selbst die Alten hatten nichts, was ihm zu vergleichen, und was wollen die neuen Schächer dagegen aufweisen?» Hemkengriper fragte nun nach einer griechischen Emendation, und Jan wußte sie sogleich anzugeben. – «Viktoria», rief Hemkengriper, «ich befreie dich, aber mancherlei mußt du mir versprechen; du hilfst mir treulich in meiner Arbeit, das verlorene Werk herzustellen, denn nur der Himmel weiß, ob ich je diese große Arbeit von deiner Hand abgeschrieben wiederfinde, da ich wegen der Neider und literarischen Diebe den Verlust nicht einmal austrommeln, sondern nur verschwiegene Leute zur Nachforschung brauchen darf.» Jan hatte keine Zeit, sich zu besinnen, so herzstärkend kam ihm der Vorschlag, er war begeistert von Hemkengripers Güte. «Aber noch eins», fuhr dieser fort, «du mußt auch nicht heiraten, willst du ein großer Dichter werden. Das mußt du mir schwören, Jan, dann siehst du deinen Icarus bei Elzevir in Oktav auf feinstem Papier mit einem Titelkupfer gedruckt erscheinen, und ich selbst wähle eine schöne Antike zu diesem Titelkupfer aus, ja allenfalls auch eine Karte, um den Weg des Dädalus genau zu bezeichnen und die wahrscheinliche Lage der Meerhöhle. Ich lasse das Buch mit goldnem Schnitt in Pergament binden, worauf Lorbeerzweige eingepreßt sind.» – «Ob ich das erlebe?» seufzte Jan und sah bei allem Leiden das Büchlein im Geiste vor sich stehen. – «Aber alle Liebeleien mußt du lassen», fuhr Hemkengriper fort, «Oder wenigstens ganz im Stillen treiben, für dich behalten und höchstens unter fremdem Namen in der Tragödie aushauchen.» – «Wohl», sagte Jan, «das ist mein Geschick, ich brauche es nicht zu beschwören, es ist schon über mich gekommen. Meine Liebe bleibt einsam wie der Sonnenstrahl, denn der findet auch nicht seinesgleichen, der sich ihm nahen könne, sondern alle gehen immer weiter auseinander, je weiter sie von der Sonne, – es war schön an der Sonne, und hier ist es finster und kalt, und ich weiß nun auch, was ein Gefängnis sei. Nur Mitleid errege ich, auch wenn ich frei werde; arm, verlassen, beschimpft, verfolgt, ohne meine Feinde zu kennen, – welches Mädchen würde mich heiraten? Ich gehe zu Schiff – habt Ihr nichts Schwereres zu fordern, da ist mein Handschlag, daß ich nicht heirate, er kostet nichts, denn ich könnte ebenso leicht versprechen, daß ich nicht durch diese Wand springen wollte.» – «Wohl», sagte der Meister, «du bist verständig geworden, dein Handschlag genügt mir, und ich eile zum Bürgermeister, deine Befreiung damit einzuleiten, daß ich dich in ein helles Gefängnis bringen lasse, wo du meine Arbeiten ungestört fördern kannst.»

So schied er und dachte Jan für immer sich zugeeignet und von Primula getrennt zu haben. Denn daß diese jene Tafeln der Storchpost beantwortet hatte, war seinem kritischen Sinne gleich bei ihrem Namen eingefallen und hatte zu seinem Heiratsentschlusse beigetragen. Als er zum Bürgermeister eingelassen zu werden wünschte, war es wegen des Andrangs von Leuten nicht möglich, gleich durchzukommen, weswegen er noch ein Stündchen zu dem Griechen ging, um über ein erwartetes Manuskript zu sprechen, das zwar angekommen war, das aber dieser nicht zu öffnen wagte, bis es durch Essig gezogen, weil es aus verpesteter Gegend gesendet, während Hemkengriper diesen Essig als verderblich der Schrift durchaus verbot. Sie konnten sich nicht einigen, und Hemkengriper kehrte zum Bürgermeister zurück, der ihm zu seiner Verwunderung versicherte, daß Jan durch Bürgschaft eines ihm unbekannten Mädchens der Haft entlassen sei, auch wäre später die Nachricht eingegangen, daß die Wunden des Studenten keineswegs lebensgefährlich wären und daß nur der Blutverlust die Besorgnis beim ersten Verbande veranlaßt habe. – Welches Mädchen? dachte Hemkengriper. Vielleicht Bathseba? Sie hält viel auf ihn, er muß sie zum Dank heiraten, ich löse in Hinsicht ihrer sein Versprechen, so werde ich von ihren Vorwürfen bei meiner Heirat befreit. Oder war es Primula? – Diese Frage quälte ihn, daß er zur Dule eilte, um sich kritisch aufzuklären.

Primula war es wirklich, die Jan befreit hatte. Kühnlich trat sie zum Hausherrn, erinnerte ihn daran, daß sie wohl so etwas vernommen, wie er ihren Tulpentopf versteigern wolle, und daß dieser etwas wert sei, er solle ihr dreihundert Gulden darauf vorstrecken, die sie als Bürgschaft für Jan brauche. Der Hausherr konnte ihr nichts abschlagen, sie hatte so ein eigen Wesen, wenn sie bat, und zudem griff sie ohne Umstände nach seiner Geldtasche und zählte sich das Geld auf, noch ehe er genehmigt hatte. Dankbar dachte sie der Worte: «Hilf dir selbst, so hilft dir Gott.» Täglich im Verkehr mit Leuten aller Art geübt, durchschnitt sie das Gedränge an des Bürgermeisters Tür wie eine Regentin, indem sie einem ihr wohlbekannten Biergast, einem Ratsdiener, zurief, daß er ihr gleich Platz machen solle. Oben kümmerte sie sich nicht lange um Anmeldung, sondern trat in das Zimmer des Bürgermeisters ein, während einhundert Menschen davor warteten. Schon wollte der Mann zürnen, aber ein Blick entwaffnete ihn, sie erzählte ihre Not, daß sie gestern nicht die dreihundert Gulden gehabt, um für ihren Bräutigam gutzusagen, nun sei sie aber damit versehen und zählte sie auf den Tisch. Der Bürgermeister wollte Umstände machen, es sei zu spät, aber sie drückte ihm ihren Zeigefinger auf den Mund, daß er ihn küssen mußte und schweigen. Sie reichte ihm die eingetauchte Feder und Papier, sie führte ihm die Hand, daß er die Loslassung ausfertigte. Nun dachte er sie recht derb durchzuküssen als schuldige Gebühr, aber freundlich lächelnd entwandte sie sich mit den Worten: «Es hat Eile!» Und ehe er noch antworten konnte, war sie längst aus seinem Bereich zur Tür hinausgeschritten.

So war Jan befreit, und nun saß sie mit ihm in größter Seligkeit auf der kleinen Bank im Blumengarten, ungestört den Störchen zuschauend, denn die Mutter war ausgegangen, um in Hemkengripers Hause ihre Rechte als künftige Schwiegermutter geltend zu machen. Hemkengriper, als er die Dule erreichte, wurde am Eingange derselben von ganz anderer Sehnsucht festgehalten, als jene war, die ihn dahingetrieben hatte. Auf dem großen Hausflure war nämlich eine Zahl Menschen um einen grünen Tisch versammelt, auf welchem eine Tulpe in schlechtem irdenen Topfe stand, erhöht durch die Unterlage eines gehefteten Buches, erhellt durch ein Wachslicht, bei dessen Erlöschen nach Landesgebrauch der Zuschlag in Versteigerungen erfolgt. Ein Gerichtsherr verkündigte laut und langsam die Gebote der Umstehenden, denn eine Versteigerung wurde allerdings gehalten, während ein Gerichtsdiener mit weißem Stabe die Ordnung handhabte, wo sie durch Andrängen gestört wurde. Hemkengriper erkannte sein verlornes Heft an den roten Pergamentstreifen der Heftung als Unterlage des Topfes und langte unwillkürlich dahin, ohne in freudiger Überraschung daran zu denken, daß der Blumentopf, den er wie einen Briefbeschwerer abheben wollte, ein Gegenstand allgemeiner Neugierde und der Versteigerung sein könne. Als er ihn eben abheben wollte, um zu seinem Schatze zu gelangen, belehrte ihn ein derber Schlag des weißen Stabes, der auf seine Hand fiel, daß er die warnende Stimme des Gerichtsdieners nicht hätte überhören sollen. «Hand weg!» rief der Mann, «mögt Ihr sein, wer Ihr wollt, das Gut steht unter Gewährleistung der Stadt in öffentlicher Versteigerung.» Hemkengriper drohte und verlangte sein Eigentum zurück, aber der Richter verwies ihn zur Ruhe, bis die Versteigerung beendet, wo er dann seinen Einspruch machen könne. Bilderdik ließ so etwas verlauten von unredlichen Pfiffen, um die Liebhaber im Besitz zu stören, und die andern Mitbieter ließen so etwas von Hinauswerfen verlauten, weswegen sich Hemkengriper fügen mußte. Auch fand er sich geschmeichelt, daß schon über 20000 Pfund, wie er meinte, auf sein Manuskript geboten worden, und weil er nichts dabei zu verlieren meinte, trieb er den alten Herrn Bilderdik bis 50000 Pfund, wo dieser endlich die lang durchgefochtene Schlacht aufzugeben sich entschlossen zeigte. Schon wollte der Richter den Zuschlag mit dem Stadtschlüssel kundmachen, als der alte Herr wie ein geschickter Tänzer in seinem Davonlaufen umdrehte und noch tausend Pfund bot. – «Gewiß ein Zwischenhändler Zahnebrekers», dachte Hemkengriper, «einer unsrer bekannten Gelehrten ist es nicht», und bot gleichgültig noch tausend. Da lief der alte Herr davon wie ein Mann, der sich aus steigender Wassersnot rettete, ohne umsehen, denn seine Liebhaberei hatte solches Übergewicht über seinen Vorteil gewonnen, daß er es ganz vergaß, wieviel höher er den Blumenkurs zahlen mußte, je höher er die Blume trieb. Aber doch kehrte er zum Nachgebot um, als das Wachslicht erlosch und der Schlag des Hammers ertönte, und wandte sich ab mit dem Antlitze eines hoffnungslos Verdammten, während Hemkengriper nach dem Blumentopfe griff, um ihn vom Manuskripte abzuheben. Aber ein neues «Handweg!» belehrte ihn, daß er erst sein Geld aufzahlen solle. «Es ist mein Eigentum, das mir gestohlen», schrie er zornig. – «Kann sein», sprach der Richter kalt, «aber erst zahlt zur Sicherheit Eures übermäßigen Gebots, nachher könnt ihr das Geld und das Erstandene mit Beschlag sichern.» – «Ich kann zahlen, Hemkengriper, und biete noch obenein zehn Dukaten als Geschenk, wenn Ihr mein Eigentum, so daß keiner hineinsieht, bis zu meiner Rückkehr bewahrt.» – «Sonderbare Mißgunst der Liebhaber», sagte der Richter, als er fort war, «aber für zehn Dukaten kann ich ihm schon den Gefallen tun, die Blumen zu verstecken. Zu diesem Behuf riß er aus dem Hefte einen Bogen und steckte ihn mit Nadeln um die Blumen fest. «Ha», sagte der Richter dann, «ich soll die Gesetze bewachen und begehe aus Übereilung selbst einen Frevel, doch ich will ihn ersetzen. Aus diesem hier gefundenen Hefte, das wahrscheinlich einem der Schläger gehörte und das zum Besten des Gerichts versteigert werden sollte, habe ich in Gedanken ein paar Blätter ausgerissen. Was wird geboten, wenn die Blätter noch drin wären?» – «Nichts, Herr», rief ein Student, «es ist kein ordentliches Heft, es sind allerlei Schmiereleien, Anmerkungen, das kann niemand brauchen als sein Verfasser.» – «Es ist alles zu brauchen», antwortete der Butterhändler, «es hat gutes Format, aber um den einen Bogen mehr oder weniger gebe ich keinen Stüber mehr.» Die Handschrift Hemkengripers wurde zum Spott wie ein Ball kreuz und quer über den Tisch geworfen, und der Butterhändler bot ganz allein nach dem Gewichte, das seine Hand ermessen, acht Stüber. Brandan, der eben auch hinzugetreten, bot aus Scherz oder aus alter Liebhaberei an philologischer Anfängerei noch einen Stüber mehr und erhielt den Zuschlag ohne Einrede. Er zahlte; der gewissenhafte

Richter legte noch einen Stüber für das Ausgerissene hinzu, und so war das unsterbliche Werk für zehn Stüber verkauft und wurde von Brandan in einer Laube durchblättert, wo es ihm das Vergnügen gewährte, sich in alte Zeit zurückzuversetzen.

Primula und Jan lernten unterdessen das Sprechen miteinander wie Kinder die Sprache, indem sie manche Frage einander öfter wiederholten und gar nicht merkten, daß es dieselbe sei, welche eben beantwortet worden. Es war ihr erstes Gespräch, und solche Gespräche sind schwer nachzuschreiben, denn die Worte erscheinen nur als Begleitung, und zwar wie bei Pauken ist das meiste Pause, während die Augen als Duettsänger sich hervortaten und keins dem andern nachstehen wollte. Läppische Worte, was wollt ihr in solchen Stunden? Abgenutzte Kleider zu solchem hohen Feste! Und dennoch sehe ich das Blau des Himmels über ihnen, wie sie da im kleinen Blumengarten sitzen, neugierig von kleinen geflügelten Köpfen durchschaut, die schnell eine Laube von geflochtenen Strahlen über sie wie ein Netz gestrickt haben, sich auf den Knoten feststellen, unwillkürlich die Gebärden der Liebenden untereinander nachmachen, ihre Blicke abspiegeln und sich dabei noch seliger fühlen in ihrer Seligkeit. In solchem Anschaun vergessen sich zuweilen die Himmlischen und werden der Erde sichtbar. Der kleine Blumengarten war der Mittelpunkt dieses Gespräches, denn Jan erzählte, wie er immer mit großer Sehnsucht nach demselben wie nach einem Sternenbeet geblickt, obgleich er die Gärtnerin nie darin gesehen habe. «Das war aus Angst», sagte sie, «Ihr möchtet herunterfallen vom Storchneste, daß ich mich versteckte und den Kopf noch mit einem Tuche umwickelte und nur auf Augenblicke hinsah. Ihr wäret gerade in meine Blumen gestürzt, und hätte mir das nicht leid tun sollen? Seht nur», fuhr sie fort, «die Sonne ist heute recht brennend, wenn ich nur Papierschirme für meine Nelken hätte.» Jan, ohne sich zu grämen, zog seinen Icarus heraus, gab ihr die Bogen hin, daß sie Schirme daraus kniffen konnte, und machte ihr die geschickten Handgriffe so gut er konnte nach, um recht schnell die köstlichen großen Knospen gegen das Aufplatzen zu bewahren. Die Arbeit war zu Ende und der ganze Icarus verbraucht, als Primula einige Zeilen voll Liebe las, die aus den Papierschirmen gegen die Sonne blickten, es war die Sehnsucht des einsamen Icarus in seiner Werkstatt, wie sie die Muse beschrieb, und wie nun, als der Storch mit dem letzten Täflein kommt, sein Entschluß sich ermächtigt; eine Stelle von tiefer großer Bewegung, bei der die Deiche des Herzens auch jetzt wohl noch reißen. «Oh», rief sie, «wenn ich wüßte, wer das geschrieben, den müßte ich küssen, der wäre mir noch lieber als Ihr, so lieb ich Euch habe. Nun Ihr wißt, daß ich Euch liebhabe, aber wie sag ich es, dies ist Seele von meiner Seele, das ist sichtbare Gestalt von dem Unsichtbaren, was sich uns nur selten und heimlich naht, und doch vielleicht unser eigen ist, oder einst wird. Jan, ich rede Unsinn, aber ich kann nicht anders, ich habe recht, wenn ich auch nichts Rechtes zu sagen weiß!» – Jan aber richtete sich auf und glaubte erhöht in der Luft zu schweben, legte ihre Hände um seine Stirne und rief mit dem Gefühle eines von Kaisershand gekrönten Poeten: «Sieh, nun hab ich den Kranz, und meinen Augenblick hab ich gelebt und meine Blüte getragen, und ein Jenseit reifet als Frucht. Ich bin's, der solche Worte schrieb, und mich hast du gerühmt als einen Fremden, und dich habe ich durchdrungen mit der Seele in mir. Mag diese Schrift vergehen, kein Elzevir sie drucken, die Welt sie nicht ahnden, meine Kunst hat die Welt in einem Herzen erfüllt und diese Worte aus mir geboren, sind dir gefallen als williges Opfer und in dir auferstanden zu Tränen. Was ist's? Wir haben uns im Geiste geküßt, und so soll uns dies Zeichen der Lippen nicht fehlen, – nicht dies leise Bienengesumme im süßen Lebenskelche.» – «Aber auch der Kranz soll nicht fehlen, da die Arme der Schönen sanft errötend niedersinken», rief Brandan und setzte den zusammengeflochtenen Zweig eines Lorbeers auf Jans Stirn, eifrig dann bemüht, die Schirme von den Nelken herabzuziehen, die Bogen zu sammeln und wieder zu ordnen. «Ich habe Euch belauscht», fuhr er fort, «denn so muß ich als Schauspieler die Welt pflichtmäßig belauschen, und jedes Wort, was diese liebe Seele von den Papieren ablas, überzeugte mich, du nur könntest der Jan sein, von dessen Schauspielen ganz Amsterdam entzückt ist, den ich aufzusuchen hierher reiste, weil die Stücke von hier eingesandt werden, dem sich unser ganzes Schauspiel als seinem Schöpfer zu Füßen legt, der für jeden Preis der unsre werden muß, unser Führer gegen die Unnatur des Auslands, gegen diesen Wiedertäufer, gegen Vondel.»

«Jan Vos heiße ich», sagte Jan, «obgleich ich hier unter dem Namen Secundus nur allzu bekannt bin, auch habe ich wohl Schauspiele geschrieben, die aber mein strenger Lehrer Hemkengriper, ich möchte sagen vor meinen Augen zerriß, ich kann Eure Rede nicht begreifen, obgleich sie mir wohltut, und Euren Kranz nicht annehmen, obgleich er meine Stirn freundlich deckt.» – Bei diesen Worten wollte er den Kranz vom Haupte nehmen, aber Primula hinderte ihn daran mit den Worten: «Er sitzt so fest auf deiner Stirn wie ein Sieger auf seinem Siegesrosse, er läßt dir so wohl, als wäre es sein Boden, als hätte er seine Wurzel bis zu deinem Herzen und aus deinem Herzen getrieben; ich leide es nicht, daß du ihn abwirfst. Höre nur, der fremde Herr spricht so ehrlich, wer kann wissen, was Hemkengriper heimlich an dir tat? Sagt, Herr, wie hießen denn jene Schauspiele, die so große Ehre einlegten?» – «Vor allen 'Aran und Titus'», rief Brandan. – «Mein erstes Werk», sprach Jan, und fügte die Worte des Titus hinzu:

> «Lieb' ist hier die fremde Blume,
> Die geschlossen bleibt bei Tag,
> Sich nur nachts im Heiligtume
> Deines Traums erschließen mag.
> Liebe ist die fremde Stimme,
> Die uns den Gedanken stört,
> Daß wir in dem süßen Grimme
> Alles andre überhört.
>
> Liebe ist ein schwarz Gewitter
> In der klaren Frühlingsstund',
> Glücklich ist der junge Ritter,
> Dem ihr Blitz verschließt den Mund.
> Denn es bleibt in ihm verschlossen
> Ihrer Augen Wunderlicht,
> Himmelstrahlen sind Genossen,
> Und den Donner hört er nicht.»

«Oh, nun weiß ich erst», rief Brandan, «wie das gesprochen sein will, hundertmal bin ich in der Stelle beklatscht worden, und immer mit Unrecht. Gewiß, seid Ihr erst unser Direktor, Ihr sollt an mir einen gelehrigen Schüler finden, und – wie schön wäre es, wenn Primula es nicht verschmähte, jene herrlichen Frauen uns in Wahrheit zu zeigen, die Jan mächtig in seinen Worten sprechen läßt und für die unsern Schauspielerinnen der Atem gebricht. Glaubt mir, an den wenigen Worten, die ihr vorher abgelesen, erkannte ich eine große Schauspielerin.» – «O wie schön», sagte Primula und senkte den Blick, «es ward mir immer so recht wohl, wenn ich den Leuten so etwas lebhaft vorlesen konnte, und die Mutter schalt mich eine Marktschreierin, eine Komödiantin. Wer weiß, wozu es mir noch nutzt, daß ich mit dieser Liebhaberei geschaffen bin.» –

Ein heftiger Wortwechsel hatte sich inzwischen am Tische der Versteigerung entsponnen, als Hemkengriper mit der Hilfe seiner guten Bathseba die Geldsäcke dahin geschafft und das Geld aufgezählt hatte. Das Manuskript hielt er für wohl bewahrt, als er es nicht mehr erblickte, und war daher anfangs nur leicht verwundert, als ihm der eingewickelte Tulpentopf näher gerückt wurde. Nun erblickte er aber die wohlbekannten Schriftzüge dieser Papierdecke, gerade eine seiner scharfsinnigsten Hypothesen, da entfesselte sich sein eingeborener Zorn, und es dauerte lange, ehe der Richter den Grund deutlich verstehen konnte. Nun sah er wohl den waltenden Irrtum, aber er zeigte auf den Anschlag, auf die Anwesenden, alles bewährte, daß Hemkengriper auf eine seltene Blume und nicht auf eine Handschrift geboten habe. Und als er nun nach dieser fragte und vernehmen mußte, wie sie für wenige Stüber das Eigentum eines andern geworden, da kannte sein Jammer keine Grenzen, daß er nicht bloß seine Gedanken, sondern auch sein Geld verloren habe. Der ehrliche Hauswirt, der ihn nun zum erstenmal ohne gelehrten Stolz und Hohn in seiner menschlichen Schwäche erblickte, konnte sich des Mitleids nicht erwehren und tröstete ihn mit der Versicherung, daß das Geld mit Primula zu ihm zurückkehre, die diese Tulpe aufgezogen habe und der er auch nicht den kleinsten Abzug für seine Erde machen wolle, in der sie dieselbe auferzogen, noch für sein Wasser, womit sie die Tulpe begossen habe. – «Es ist ein abscheulich schönes Ding, diese Tulpe», sagte Hemkengriper mit Abscheu, «wie aus buntem Papier von einem Kinde geschnitten, die hätte ich nicht erschaffen mögen.» Fernher blickte inzwischen Bilderdik mit Sehnsucht nach der Blume, konnte sich endlich nicht länger halten, gesellte sich zu Brandan, der dieser Unterhaltung nähergestanden hatte, und sprach zu Primula, woher sie die Zwiebel zu dieser Tulpe erhalten und ob vielleicht da noch eine zu bekommen wäre. Aber beides gewährte ihm keinen Trost; denn Primula berichtete ihm, wie ein schiffbrüchiger Matrose, der einen

Hering sich geben lassen, über Zwiebeln sehr ergrimmt gewesen wäre, die er in sauberem Kästchen aus dem Meere gerettet habe und die nun nach gar nichts schmeckten. Sie habe diese für Tulpenzwiebeln erkannt und ihm Eßzwiebeln in Tausch angeboten, aber leider sei nur noch diese eine übrig gewesen. – «Ich gäbe noch tausend Pfund mehr», sagte traurig der Kaufmann, «hätte ich mich nur nicht abschrecken lassen, ich kann solchen Verdruß nicht überleben.» Brandan umfaßte ihn teilnehmend und führte ihn fort, damit der Anblick des Blumengartens ihn nicht gänzlich niederschlage und zerstöre.

Eben traten nun Hemkengriper, Agnes und Bathseba zu den beiden Liebenden, um ihnen zu beweisen, daß die Blumen so wenig wie die Bäume in den Himmel wachsen, daß der Himmel auf Erden keinen Platz hat und sich deswegen nicht für die Dauer darauf niederlassen kann. Agnes fragte Jan, wie er sich erdreisten könne, so vertraulich Hand in Hand mit Primula vor aller Welt zu prangen, die Hemkengripers Verlobte sei und bleibe. Hemkengriper machte der armen Primula Vorwürfe, wie sie des Ringes vergessen könne, der sie verbinde. Primula rief verwundert: «So ist das alte tolle Weib wirklich ein Mann geworden!» Jan sprach fest, aber bescheiden von seinen früheren Rechten, und daß er Primula, wie ihm Brandan versichert, durch seines Geistes Werke jetzt auch ernähren könne. Hemkengriper wies das mit Stolz zurück und sagte: «Du bist ein Mann von nichts, ich aber bin ein Mann von hunderttausend Dukaten, aber was mehr sagen will, du kennst dein Versprechen, nicht zu heiraten, als ich dich aus Todesnot befreite, du hast der Primula entsagt.» – Jan wandte ein, daß nicht er, sondern Primula ihn befreit habe, aber Hemkengriper zeigte auf den Ring, den er Primula angesteckt hatte und der zu fest den Finger umschloß, als daß sie ihn losreißen konnte; dann rühmte er die Nacht, die er bei ihr zugebracht, indem er Primula ausforderte, ihm diese Nacht abzuleugnen. Primula errötete aus Ärger und schwieg aus Stolz, während Jan sie und den Ring abwechselnd anstarrte und erblaßte. Schon wollte Hemkengriper triumphierend ihre Hand ergreifen, da trat Bathseba zwischen beide hin und sprach: «Schämt ihr Euch nicht, gelehrter Herr, vor der Jugend, die ihr mit Eurer bösen Lust kränkt? Seht das gleiche Alter, was sie vereinet. Warum sollte ich Euch länger schonen, wie ich nur zu lange getan? Ihr wißt nicht, wen Ihr kränkt, denn noch ahndet Ihr nicht, daß dieser liebe junge Mann Euer Sohn ist.» – «Sohn, Sohn», sprach Hemkengriper, «ich weiß von keinem Sohn.» – «Leset da dieses Taufzeugnis! Die verlassene Mutter, die Ihr durch solchen Ring ins Verderben führtet, mußte dieses arme Kind verheimlichen und bei fremden Menschen unterbringen, weil Ihr sie sonst gänzlich zu verstoßen drohtet. Hört, ihr Leute, wer ihm nach solcher Bosheit noch trauet, der verdient solches Elend, wie die Mutter des jungen Mannes erfahren hat.» – «Ist er mein Sohn», antwortete Hemkengriper grimmig, «so habe ich um so mehr Rechte auf ihn, und mein Befehl muß ihm gelten, daß er allen Ansprüchen auf Primula entsagt. Alte Sünden sind abgebüßt, ich scheute den bösen Ruf vor der Welt, und Ihr habt meinen Ruf jetzt schonungslos vernichtet und seid meines Dienstes entlassen, obgleich ich wohl von Zeit zu Zeit aus Milde für Euch etwas aussetzen will. Gedenk, Jan, an deinen eigenen Vorteil. Ich erziehe dich zu etwas Großem, du arbeitest für mich fleißig, obgleich nicht in meinem Hause, ich gebe dir reichliches Auskommen, ich gebe deine Tragödien heraus mit Vorrede und Nachschrift; was ist dagegen der Beifall der Menge? Fort, Bathseba, fort, aus meinen Augen, du ermunterst sonst den Burschen zur Empörung gegen seinen Vater.» – «Fort, fort», rief die alte Agnes, «die ist ärger wie eine Hexe und verdiente zu brennen, für Jugendsünden vergißt der Himmel die Zeche, aber Altersbosheit steht in der Hölle mit doppelter Kreide angeschrieben.» – Die alte Bathseba trat verlegen einen Schritt zurück, und Jan sah sich bezwungen von seinem gegebenen Wort, von väterlicher Gewalt, vom Argwohn gegen die Geliebte. Aber so gut oder so schlecht, als es der Mensch in seinem Jammer und in seiner Freude sich denkt, kommt es nie in der Welt, und wenn die Not am größten, ist der Retter am nächsten.

Brandan hatte längst mit seinem scharfen Gehör die ganze Unterredung behorcht, während er nur mit Bilderdik beschäftigt schien. Er schlug jetzt das Heft auf, wo er es eingekniffen hatte, ergriff eine gestopfte Pfeife und las daraus vor sich: «Was ist ein Deus ex machina? gewiß muß dies ein Perpetuum mobile sein.» – «Herr, meine Ideen», rief Hemkengriper, «das ist meine Handschrift.» Kalt wies ihn Brandan von sich, riß in das Blatt und näherte sich der ausgestellten brennenden Lampe. «Halt, halt», rief Hemkengriper flehend, «alles nehmen Sie, werter Mann, einst auch mein Zuhörer, nur kein Blatt von diesem Denkmale meines Geistes und meines Fleißes.» – «Was können Sie mir bieten?» fragte Brandan. – «Hunderttausend Gulden», schrie Hemkengriper. – «Lumperei», antwortete Brandan, «ich war nicht vergebens zehn Jahre in Indien, Geld hat für mich keinen Wert. Aber ich habe so meine Grillen, ich will Menschen beglücken. – Sollen sich die beiden da, der Jan und die Primula, nicht heiraten? Ich verlange es!» – Bei diesen Worten riß er etwas weiter in das Blatt. – «Gern, gern, noch heute, mein Segen über Euch», rief Hemkengriper, «nur dies Buch, dies Buch sei mein!» – «Und diesen Blumentopf soll dieser ehrliche Mann, Herr Bilderdik, nicht erhalten, der noch tausend Pfund mehr bietet?» fuhr Brandan fort. – «Diese und alle Blumen, die ich in meinem Hausgarten besitze», sprach Hemkengriper erleichtert. – «Und die alte Bathseba sollte für die Treue, die sie Euch und Eurem Sohn erwiesen, ausgejagt werden?» fuhr Brandan fort. – «Nein! Heiraten müßt Ihr sie, denn eigentlich könnt Ihr gar nicht ohne ihre Sorgfalt leben und bestehen. Ja, wenn mich nicht alles täuscht, so waren das Mutterblicke, die sie Jan zuwandte, sie ist die Mutter des hochgefeierten Jan Vos, der Euch mit seinem Ruhm über die Wogen der Zeit erheben und flott erhalten wird. Ja, heiratet sie des Sohnes wegen und wißt, kein Name ist jetzt in Holland so hoch verehrt wie dieser Eures Sohnes, der Vondel stürzte mit dem ersten Anklange seines Geistes. Er ist der Schöpfer unserer Bühne, er werde ihr Regierer, ihm übergebe ich den Herrscherstab, und ihr gebt ihm dazu das Blumengeld.»

Hemkengriper wollte sich besinnen, aber die Feuerprobe drängte; endlich rief er entschlossen: «Ihr habt mir nur vorgegriffen, doch was ich Euch bewillige, war längst ein Plan in mir. Ich habe Jans Werke in die Welt gefördert, ich habe mein Wort gegen Vondel erfüllt. Nun wohlan, ich habe mich nur verstellt, ich habe euch prüfen wollen, junge Leute, bleibt einander in den Theaterverführungen treu, Ihr tretet in ein lockeres Leben. Dir, Bathseba, brauche ich keine Warnung einzuschärfen, du wirst nun Hausfrau und bleibst in allem wie bisher. Da, Herr, nehmt Eure Blume und zahlt Euer Geld, Jan mag's als Vorschuß für die neue Bühne erhalten – jetzt her mit dem Manuskript, oder ich vergreife mich an Euch.»

Soll ich hier schließen? Will jemand von den Liebenden etwas wissen? Wohl ihnen, sie haben schwere Prüfung gut bestanden und eilen vermählt mit Brandan und Bilderdik, mit Icarus und Tulpe nach Amsterdam zur Beifallsernte, denn daß Primula bald als erste Schauspielerin die Werke Jans verherrlichte und verweiblichte, wer hätte das nicht aus ihrem ganzen Wesen geahnet, besonders aus ihrer Art, wie sie ihn befreite? Brandan fand sich getäuscht in seiner Hetzerei gegen Vondel. Nur im Verachten aller übrigen konnte er seinen Einen ehren, ja es war noch zweifelhaft, ob er nicht eigentlich nur bewundere, um verachten zu können. Ganz anders war Jan Vos gesinnt, der ein Bewunderer Vondels wurde, seit er seine Stücke gelesen, endlich auch sein Freund, als sein Eifer die Eisrinde des alten Mannes geschmolzen hatte. Mit geschickten Änderungen brachte er wieder den Gisbert, ein Stück Vondels, auf die Bühne, das seine Jugendarbeiten mit Unrecht verdrängt hatten. «Das alte schlechte Zeug spiele ich nicht», sagte ihm Brandan bei der Probe, «sollen wir wie die Krebse rückwärts gehen, so gehe ich lieber ganz ab vom Theater!» – Jan kannte schon die launenhafte Schwäche des Freundes, die sich gern für Stärke ausgab, er ließ sich nicht schrecken. «Ich möchte doch nicht gern», sagte er, «die Rolle dem Hope übergeben, sie kann den elenden Lärmmacher auf einmal zur höchsten Gunst des Publikums erheben.» – «Nein, bei Gott», rief Brandan, «lieber will ich mir den Rest Begeisterung an den Vondelschen Versen ausquälen, ehe ich den sinnlosen Schreier durch meinen Abgang erhebe. Vondel ist mein Feind nicht, er ärgert mich nur, weil ich dich kenne, weil er durchaus veraltet ist, weil er dir gewiß schaden wird, obgleich du sein Wohltäter bist. Es ist die erfrorne Schlange der Fabel, er hat einen Giftzahn und eine Klapper, beides gehört zum Handwerk und beides fehlt dir.» – Jan seufzte: «Freilich, die Welt ist anders, als sie auf dem einsamen Zimmer erscheint, und unsre Verse, was sind sie mehr als ein Taktklappern im Ohre dämlicher Handelsdiener und trunkener Matrosen, die unsern Ruhm gründen und verbreiten? Doch sind wir Poeten noch ein wenig besser dran als ihr Schauspieler. Mag unsre Arbeit dem Zufalle hingegeben sein, wer eben Geld hat, um das Schauspiel zu besuchen, mag es der Menge, die im eignen Gestank nicht riechen kann, einerlei sein, ob der Herd von Zedernholzflammen oder von Torfglut leuchtet; mögen wir also so gut wie ihr für die Gegenwart allen Zufälligkeiten hingegeben sein, die Reichtum und Roheit herbeiführen – uns bleiben doch in der Gegenwart einsame Leser, die den frischen Frühlingsduft der Blumen von dem Geruch der abgezogenen Wasser zu unterscheiden wissen; dann gibt es eine Zukunft beim Büchertrödler, die unsre Werke zur rechten Zeit in die rechte Hand gibt. Für uns beide gibt es aber ein tröstendes Bewußtsein, daß in den Menschen, die unbekannt, viel Besseres lebte, als was je der Ruhm in uns verherrlichte oder schnöde Gleichgültigkeiten fortstieß, wir kommen einst zu ihnen in gute Gesellschaft. Was wir schaffen, gehört es uns? Ist es nicht ein Vorschuß, den wir der Welt darreichen von einem Kapital, das endlich allen zuteil wird, weil alle gleichen Anspruch daran haben? Du nennst Vondel veraltet! Nichts ist alt oder neu in der Kunst, sie hat keine Zeit; was in ihr lebt, das lebt mit gleichem Rechte. ich sollte ihm zürnen, weil er auch etwas Eigenes schuf? Wird eine Frau andere Frauen um ihre Kinder beneiden, wenn sie ihre eignen liebt? Möchte auch die mutigste alle Kinder geboren haben und gebären wollen, welche die Welt durchspielten, und sie künftig verjüngen? Denke dir, Vondel hätte vor hundert Jahren gelebt, wie wenig bliebe übrig von all dem Tadel seiner Werke, der dir jetzt das Lesen verbittert und dich zum Widerspruche gegen ihre Aufführung reizt? Hast du nicht Hemkengriper und Zahnebreker so gut gekannt wie ich, wie sie einander in jeder Richtung störten, ihre großen Anlagen vernichteten? Neid und Haß sind verzehrende Gewalten, denen sie ihre unglückliche Vaterstadt und sich selbst opferten.»

Um diese Schlußworte zu erklären, muß aus der Chronik der Stadt Leyden nachgetragen werden, daß in diesem 1635sten Jahr nach Christi Geburt 22000 Einwohner an der Pest starben. Auch Hemkengriper und Zahnebreker fanden darin ihren Untergang. Strohmel erzählt im achten Band seiner Nebenstunden, daß ein griechisches Manuskript (eben jenes, warum er den Griechen in vorstehender Geschichte aufsuchen ließ), aus welchem er Zahnebreker in Hinsicht mehrerer Konjekturen zu widerlegen hoffte, dieses Pestübel ihm einimpfte, weil er in seiner Schadenfreude jede Vorsicht von sich wies, obgleich es auf einem verpesteten Schiffe angekommen, nach der Vorschrift, erst durch Essig gezogen werden sollte. Seine Aufwärterin, die schon Pestkranke gesehen, erkannte das Übel sogleich an ihrem Herrn, aber er gebot ihr Stillschweigen.

Feierlich ließ er Zahnebreker Versöhnung antragen, der nach seinem offenen Wesen sie augenblicklich annahm und ihn nach der Dule einladen ließ. Beim feierlichen Versöhnungsfeste auf der Laubhütte der Dule umarmte ihn Hemkengriper und verpestete ihn mit seinem ersten Friedenskusse so erfolgsicher, daß beide fast in einer Stunde starben. Ihnen folgte die halbe Stadt, erst leidtragend, dann sterbend, und nur wenige ahneten, daß ihnen dies Verderben aus dem Hasse zweier Gelehrten hervorgegangen.

Über tredition

Eigenes Buch veröffentlichen

tredition wurde 2006 in Hamburg gegründet und hat seither mehrere tausend Buchtitel veröffentlicht. Autoren veröffentlichen in wenigen leichten Schritten gedruckte Bücher, e-Books und audioBooks. tredition hat das Ziel, die beste und fairste Veröffentlichungsmöglichkeit für Autoren zu bieten.

tredition wurde mit der Erkenntnis gegründet, dass nur etwa jedes 200. bei Verlagen eingereichte Manuskript veröffentlicht wird. Dabei hat jedes Buch seinen Markt, also seine Leser. tredition sorgt dafür, dass für jedes Buch die Leserschaft auch erreicht wird.

Im einzigartigen Literatur-Netzwerk von tredition bieten zahlreiche Literatur-Partner (das sind Lektoren, Übersetzer, Hörbuchsprecher und Illustratoren) ihre Dienstleistung an, um Manuskripte zu verbessern oder die Vielfalt zu erhöhen. Autoren vereinbaren direkt mit den Literatur-Partnern die Konditionen ihrer Zusammenarbeit und partizipieren gemeinsam am Erfolg des Buches.

Das gesamte Verlagsprogramm von tredition ist bei allen stationären Buchhandlungen und Online-Buchhändlern wie z. B. Amazon erhältlich. e-Books stehen bei den führenden Online-Portalen (z. B. iBookstore von Apple oder Kindle von Amazon) zum Verkauf.

Einfach leicht ein Buch veröffentlichen: **www.tredition.de**

Eigene Buchreihe oder eigenen Verlag gründen

Seit 2009 bietet tredition sein Verlagskonzept auch als sogenanntes "White-Label" an. Das bedeutet, dass andere Unternehmen, Institutionen und Personen risikofrei und unkompliziert selbst zum Herausgeber von Büchern und Buchreihen unter eigener Marke werden können. tredition übernimmt dabei das komplette Herstellungs- und Distributionsrisiko.

Zahlreiche Zeitschriften-, Zeitungs- und Buchverlage, Universitäten, Forschungseinrichtungen u.v.m. nutzen diese Dienstleistung von tredition, um unter eigener Marke ohne Risiko Bücher zu verlegen.

Alle Informationen im Internet: **www.tredition.de/fuer-verlage**

tredition wurde mit mehreren Innovationspreisen ausgezeichnet, u. a. mit dem Webfuture Award und dem Innovationspreis der Buch Digitale.

tredition ist Mitglied im Börsenverein des Deutschen Buchhandels.

Dieses Werk elektronisch lesen

Dieses Werk ist Teil der Gutenberg-DE Edition DVD. Diese enthält das komplette Archiv des Projekt Gutenberg-DE. Die DVD ist im Internet erhältlich auf **http://gutenbergshop.abc.de**

MIX

Papier | Fördert
gute Waldnutzung

FSC® C083411

Zeitfracht Medien GmbH
Ferdinand-Jühlke-Straße 7
99095 Erfurt, Deutschland
produktsicherheit@kolibri360.de